小梅は怒りにしばらく震えていると、
ぶつん、と何かが切れたように叫んだ。
「誰がっ、おどれなんぞのっ、
妻にっ、なるかっ！」
JN137214

こばやし れん
小林 蓮
強い霊能力を持ち、
非常に仲間思いの
心優しい少年。
少し世間知らず。
マモン
強欲で金と効率を愛する野心家。
面倒くさがりだが、情に厚い一面も。
ゆら なつき
由良 夏樹
異世界から帰還した元勇者。
ビッグネームに続々と
訪問されるのが
最近の悩みの種。
アルフォンス・ミカエル
料理上手で世話焼きな天使。
ややナルシストで、
小梅の婚約者を名乗っている。

青山 銀子
警察署長を父に
持つ現役警察官。
魔剣への
ネーミングセンスが
絶望的。
ルシファー・小梅
金髪美少女俺様っ子天使。
由良家に居候している。
由良 春子
社交ダンスと息子を
愛する明るいシングルマザー。
多くの人を惹きつける
魔性の魅力があるようで……？
ルシファー・太一郎(サタン)
娘に甘い親バカの魔王様。
社交ダンスと夏樹の母である春子に夢中。

夏樹は魔剣を振り、迫り来る蓮の腕を斬り落とした。
そして、そのまま彼を袈裟斬りにした。
「……ごめんね、まもん、さん」

異世界から
帰還したら地球も
かなりファンタジーでした。
あと、負けヒロインども
こっち見んな。
2
飯田栄静
イラスト 桑島黎音

【プロローグ】 魔界じゃね？

――魔界、某所。

「今日も小梅ちゃんは可愛いなぁ。見てみろよ、俺の天使を」

白いスーツに身を包んだ、中年男性がスマホを片手にだらしない顔をしていた。

その男性とは魔界と魔族を統べる魔王サタンだ。

本名はルシファー・太一郎。

神に逆らい堕天した後は、サタンを名乗っているのだ。

「魔王様。小梅が美しい天使だということは全世界が、いいえ、数多の並行世界の果てまで知られていることです」

「あ、うん、そこまで言ってないけど、あ、はい、すみません。睨まないでください」

サタンさえ怯える眼光の持ち主は、息子であり魔界の幹部のひとりでもあるルシフェルだった。

灰色のクラシカルなスーツを着こなし、ブロンドの髪を七三分けにしている美青年のルシフェルの本名はルシファー・一心だ。

今でこそキラキラネームは数多く存在するが、祖父であるゴッドによって「絶対に未来で流行りますから」と紀元前に名付けられて以来、グレて堕天した経緯を持つ。

ちなみに彼は現代でも「ぴゅあって……ぷふっ」と部下に笑われてはルシフェルの名にふさわしく大暴れしている。

傲慢を司るはずが、暴れる度に憤怒も司っているのではないかと疑問視されている。

そんな彼は、ルシファー家の長男に生まれ、名前のせいで堕天するまでは天使たちの学校でも首席で生徒会長まで務めていた。

今でもその優秀さから、魔界に飽きてしまった父サタンの補佐をしている。

「……ところで魔王様。小梅のＳＮＳに一緒に乗っている少年と青年はどなたでしょうか？」

「少年のほうは人間だろう。顔つきからして日本人だな。イケメンのほうはわからん。アメリカ人っぽいな……なぜかニューメキシコ州ロズウェルで見かけそうな顔をしているな」

「私が気にしているのは彼らがどこの誰で、小梅とどんな関係かということです！」

「そりゃ、お友達だろう？」

「はははは！　魔王様も面白いことを言いますね。小梅は淑女ですよ。異性の友達など、まだ早いっ！」

ルシフェルから魔力がほとばしり、サタンの邸宅を揺らした。

上級魔族が一〇〇〇人がかりで攻撃してもびくともしない邸宅をたったひとりの魔力で揺らすのだから、ルシフェルの力がとんでもなく強いことがわかる。

「本当にお友達というのなら、菓子折りを持ってご挨拶に行かなければなりません。あの気弱な小梅と純粋に仲良くしてくれているのであれば、兄としてお礼を言いたいですしね。しかし！　もしも不埒(ふらち)な想いで近付いているのなら――残念ながら日本ごと消えてもらいましょう」

「範囲がでけえな！　待て待て、落ち着け。魔族でも特に力が強い中級以上の者は人間界に勝手に行っちゃ駄目なの」

「建前でしょう。神々や魔族が人間界で老後の生活を楽しんでいることは知っています。ご丁寧にＳＮＳにまでアップして、みっともない。特にゴッドです。なんですか、あのゴッドは。『コーヒーショップで列に割り込まれてぷんぷんです、もう少しで天罰しちゃうところでした。』とか呟いているんですよ！」

「ゴッドはゴッドだから放っておけ」

　サタンが苦労して、部下であり息子であるルシフェルを宥(なだ)める光景はいつものことだ。

　普通は逆なんだろうが、割とサタンは苦労性だった。

「しかし、家に引きこもって本ばかり読んでいた小梅が人間界にいるとは……神界には堕天した身で入れませんが、人間界なら可能ですね。よし。久しぶりに小梅に会いに行きましょう。そして、この一緒に楽しそうにしているご友人たちにもご挨拶しましょう」

「お、おい、待――」

　サタンが止める間もなく、翼が羽ばたく音がするとルシフェルが消えていた。

「まったく馬鹿息子め。小梅ちゃんだって人間的には行き遅れだからパパは気を遣ったんだけど……面倒なことになりそうな予感しかしねぇ」

サタンは大きくため息をつくと息子を追いかけ日本に向かった。

第一章　新たな刺客が現れたんじゃね？

由良夏樹が異世界から帰還して五日目の朝。

宇宙人と出会い、天使と喧嘩して、土地神を殺すなどと慌ただしく濃厚な日々を送ったものの、朝食の席は穏やかだった。

昨晩、友人と飲みに行った母はそのまま友人宅に泊まっているので、朝食は夏樹と銀子が簡単に作ったものをみんなで食べていた。

「そういや夏樹くんはこれからどうするっすか？」

半熟の目玉焼きを、ほかほかのご飯の上に乗せて醤油をかけていた夏樹に、休みだからとトーストにジャムとコーヒーだけの銀子が問いかける。

「まだ中学生なのはわかっているっすけど、これから高校受験もあるっすよね？」

「そうだよねぇ」

「霊能力者を育てる高校があるの知ってます？」

「ま？」

「行きたいっすか？」

「全然行きたくない！」

「ですよねー！」

銀子は夏樹の返事を予想していたため、聞くだけ聞いてみたという感じだ。

「夏樹が教育機関に通ったところで成長せんじゃろうて。格下に教わってなんの役に立つんじゃ」

「小梅さんはそう言うっすけど、実力的には下でも教えるのが上手い方もいますからね」

「銀子はその学校に行っとるんか？」

「もちろんっすよ！　私は才能ありまくりでしたから、推薦入学っすよ。……夏休み明けに退学になったっすけど」

「何しとるんじゃ、お前は」

「どうしても魔剣が欲しかったので、臨時講師で来ていた魔剣使いをボコして奪ったんすよ」

「強盗じゃろ、それ」

「正式な決闘っす！　でも、お偉いさんの息子だったみたいで、だっせーことに親に泣きつきましてね。面倒だったんで、親ごとボコにしたら、退学っす。ひどくないっすか⁉」

「俺様も暴れん坊じゃが、銀子も大概じゃな」

「ちなみに、そのときゲットしたのが魔剣花子(はなこ)です」

「その名前は決定なんじゃな。ネーミングセンスなさすぎて絶望レベルじゃろうて」

銀子と小梅のかけ合いを聞きながら、ご飯を頬張る夏樹は考えていた。

霊能力者を育てる学校があるのは、ファンタジーらしくて良いが、今さら教わることがないというか、夏樹は霊能よりも魔法だ。勇者の力と聖剣の力を使って高火力で敵をぶっ飛ばすというシンプルな戦闘を好む。

基礎とかそういうのは異世界で自称仙人に教わったが、基本的に敵より早く動き、高火力でぶっ殺せ、という結論になった。

脳筋といわれたらそれまでだが、それが一番早いのだ。

魔王くらいになると戦う時間も比較的長かったが、力がある者同士の戦いほど早く終わる。

魔王も一〇分くらいしか戦っていなかったし、魔神は二分ほどだ。

実を言うと、夏樹は長期戦をしたことがない。する必要がなかったというか、魔王以上に長引いた相手はいない。

(俺って長期戦で戦えるのかな?)

不意に疑問が浮かぶが、考えても仕方がないことだと疑問を頭から消す。

なんにせよ、せっかくのんびりした生活を送る予定なのに霊能力者を育成する学校なんかに行きたくない。

どうせラノベみたいに名門一族の御曹司や御令嬢に喧嘩を売られたり、秘密設定が盛りだくさんのクラスメイトを悪の組織が襲ってきたり、気が付いたら戦いに巻き込まれてしまったりと大変な予感しかしない。

そういうのは異世界召喚だけでお腹いっぱいだった。

「ご馳走様でした。さてと、俺は学校行ってくるけど、みんなはどうするの？」

「私は宇宙船の修理状況を見に行く予定だ。船から家族に連絡もできるので定期連絡もしておきたい」

「私もですね」

「そっか。修理が早く終わるといいんだけど」

「気にすることはない、親友よ。もともと婚前旅行は一〇年ほどの予定だったので、旅行が終わる頃には問題なく直っているだろう」

「旅行って期間じゃないよね⁉」

「そうだろうか？　友人はふらりと二〇年ほど旅行していたが？」

おそらく寿命の違いで時間の使い方も違うのだろう、と無理やり納得した。

きっと母はジャックとナンシーが一〇年居候していても構わないだろうし、もしかすると彼らも次の街や国に移るかもしれない。それまでは楽しく一緒に生活していたいと思った。

「私は一日中ゴロゴロしていたいっすね。明日から、水無月家のお手伝いに駆り出されるんすよ」

「手伝い？」

「あー、夏樹くんが斬っちゃった家とか山を都合よく処理するためのお手伝いっす」

「なんか、ごめんなさい。よろしくお願いします」

「いえいえ、お気になさらずっす。裏方も私の仕事っすから」

ほっぺにジャムをつけて胸を張る銀子に夏樹は感謝した。

夏樹がやらかしたことを仕事とはいえ、処理してくれるのはありがたい。

「俺様は、酒屋に行くぞ！　無論、銀子の運転で、じゃ」

「えー!?」

「春子(はるこ)ママさんのお酒を飲んでしまったのじゃから、買い足しておくのが礼儀じゃろう！　あと、せっかくじゃからビール以外にもいろいろ買って飲みたいのじゃ！　今までずっと定住せずフラフラしとったんで、暖かいお家で晩酌をしたいんじゃ！　ちょっと良いお酒で酔いたいんじゃ！」

「はいはい。好きにしてくださいっす」

「とりあえず銀子の金でクッソ高いウイスキーかブランデーを買ってやろう！」

「今、ちょっと良いお酒って言っていたのに、なんで急にクッソ高くなるんすか！　というか、私の金で飲むつもりっすか!?」

「何を言っておるんじゃ、俺様たち家族じゃろ」

「……都合の良い家族っすね。わかりました。五〇〇〇円なら出してあげます」

「馬鹿もん！　昨今の酒類の値上げを知らんのか！」

「知っているからこそ、五〇〇〇円で買える範囲にしてほしいっすよ！」

お酒のことはよくわからない夏樹は、ちょっとスマホで検索してみる。

確かに、少し前に比べてビールもウイスキーもワインも、ブランデーも値上がり傾向にあるらしい。

お酒だけではない。電気代から食料品まで値上がりしている。

「なるほど、つまり――ゴッドが悪いってことか」

ゴッドに責任をなすりつけることにして、スマホをしまおうとしたとき、メッセージが送られてきた。

「ん？」

送り主は一登だ。昨日、いろいろあったし、彼にも何か影響がなければいいのだがと考えながらメッセージを開いて。

「――ぶっは！」

夏樹は吹き出した。視線が集まる中、夏樹は呼吸困難になりそうなほど笑う。

一登のメッセージは簡潔だった。

『――クソ兄貴が勃たなくなったみたいです』

夏樹の目論見通りに封印が効いていることを確認できて、笑いが止まらなかった。


小梅、銀子、ジャックとナンシーに見送られて家を出た夏樹。

思えば、異世界から帰還後、中学校にまともに行っていないし、授業に出た記憶もない。

夏樹の通う中学校は、厳しい先生こそいるが、校風は緩めなので口うるさく言われることはあまりない。生徒と教師の関係も良好だ。

担任の顔は思い出せないが、クラスの席くらいは覚えている。

異世界で殺伐とした日々を送っていたからこそ、学校に通うという当たり前を楽しもうと思った。

思い返せば、異世界では字が読めない子どもも多く、計算ができない大人もいた。

魔族との戦いと、貴族たちが平民に時間と金を費やさないこともあり、平民の生活水準はかなり低かった。

対して魔族たちは、貴族に相当する魔王軍幹部という立場の魔族たちがいたが、それぞれ未来のために子供を、民を大事にしていたことを覚えている。

放っておけば、いずれ異世界は魔族主体の世界になるだろう。

「にしても、狙ってやったとはいえまさか優斗(ゆうと)の奴が本当に勃たなくなっちゃうなんて、ウケるんですけど。散々、使ったようだからもういいっしょ。思春期に発散できないのは辛いかもしれないけど、今までしていたことを考えれば安い安い」

たとえ、優斗に今後、心から愛する人ができたとしても、生涯を共にしようとする人が現れたとしても、今までの行いを悔い改めたとしても、封印を解くことは絶対にしない。

「きっと反省も何もしないんだろうけどさ。問題は、魅了が切れたことで、今まで優斗に夢中だった女の子たちがどう出るかなんだけど……やべぇ、どうでもいいわー。興味が湧かねー」

個人的に、優斗ハーレムの面々に興味はない。関わりもない。

好き勝手されたのだから復讐されても自業自得だ。復讐する価値があるのかも疑問だが。

そもそも優斗の魅了はさして強くなく、女の子側も自己判断で優斗の傍にいたことは間違いないので、本当に勝手にやってほしい。

一登が巻き込まれたら助けるが、優斗だけの問題でしかないのなら放置一択だった。

「ねえ、夏樹！」

ふわぁ、とあくびをする。

昨晩は、みんなで盛り上がりすぎたせいで少し寝不足だ。

とくに小梅と銀子が良い感じに酔っ払って、どちらが美脚か勝負するために生足を披露したり、お互いに自信のある身体の部位を見せ合ったりしていたので、悶々としてしまったのは内緒だ。

大変良いものが見られてありがとうございます、とお礼を言いたくなってしまうほどだった。

「ねえ、夏樹ったら！」

うへへ、と脳内で小梅と銀子の昨晩の姿を再生していると、いきなり通学用バッグが掴まれた。

バッグを掴んでいたのは、ボーイッシュな雰囲気を持つショートカットの少女だった。短めのスカートの下にスパッツを履いた、いかにも運動ができますという感じだ。足を惜しげもなく出しているのは自信があるからかもしれないが、小梅の美脚の足元にも及ばない。

「なんですか、急に？」

「無視しないでよ、夏樹！」

「あの、どちらさまですか？」

「え？」

「知らない人に、呼び捨てにされるとか怖いんですけど。防犯ブザー鳴らしてもいいですか？」

夏樹も中学生だ。変質者が怖いので、防犯ブザーを持っている。

「知らない人って、ふざけないでよ！　あたしだよ、松島明日香だってば！　わざとやってるでしょう！　小さい頃遊んだじゃん！　幼馴染みのこと忘れるとか、あり得ないでしょう！　ていうか、この間だって話したばっかりじゃん！」

夏樹は大きく首をかしげた。

日本に帰還してから、こんな子と話したことはないので、おそらく異世界召喚される前だ。夏樹にとっては体感時間で六年以上なのでかなり前のことだった。

幼馴染みと言われても、女の子の幼馴染みはいない。

夏樹にとって、幼馴染みと呼べるのは三原一登だけだ。

しかし、不意に思い出した。

いろいろあって忘れていたが、一登が注意するよう言っていた相手の名が松島明日香だった気がする。

「思い出した、バスケットボール部の」

「何言ってんの？　そういう冗談はいいから！　そんなことよりも聞いてよ。優斗ったら、朝からいきなり勃たなくなったかもしれないから試させろなんて連絡してきたんだけど」

「はぁ」

「ていうか、ちょっと顔が良いから付き合ってあげてたけど、なんであんな奴が好きだったのかよくわかんないんだよね」

「そうっすか」

「あ、付き合うっていっても気軽な関係だったんだけど、どうしてあんな男と気軽にでも関係持ったのかわからないっていうか」

「大変っすね」

「そうなの！　別に好きでもなんでもないから！　そこは誤解しないでほしいの。それに、あいつって色々な女の子と関係持っているけど、あそこが小指より小さいんだから」

「ぶっはっ！」

勝手にしゃべっている明日香を適当にあしらっていた夏樹だったが、明日香の爆弾発言に我慢できず吹き出してしまった。

（な、なんで、一登といいこの子といい、優斗の股間事情を俺に話すんだよぉ！）

「んで、君は俺にどんな用事があって来たの？」

「あ、ごめんごめん。優斗とはもう関係ないから、そろそろ夏樹と元通りになってあげてもいいかなって」

「んんん？」

「優斗にはいろいろさせちゃったけど、代わりに夏樹に悦(よろこ)んでもらえることたくさん知っているから、ね？」

　何が「ね？」なんだろうか、と夏樹は悩んだ。

　真面目に相手をするべきか、放置するべきか。

　そもそも元通りと言うが、幼い頃に少ししか遊んだことがないのに、何を元通りにするのかもわからない。

　もっと言うと、優斗と『いろいろ致した子』とこうして会話しているのも嫌だ。

「あのー、じゃあ、学校行きますんで。さようなら」

「あ、うん。さようなら――っじゃなくってさ、ああ、まどろっこしいなぁ！　あたしが付き合ってあげるって言ってるの！　そのくらい察してよ！」

「……なんで？」

「なんでって……ほら、あたしって優斗の相手をしてあげているときに、理由はわからないけど夏樹にひどいこと言っちゃったでしょう？　だから、お詫びっていうか、ごめんねの代わりっていうか」

「えー。普通に謝ってくれればいいんですけど。いえ、その前に、特に気にしていないんで。もういいです。はい、じゃあ、そういうことで」

正直、引いていた。

明日香は以前、夏樹と優斗を比べる発言を多々していた。明らかに見下す態度もあった。それに関して『ひどいことをした』という実感と罪悪感があるのは良いことだと思うが、お詫びで付き合うとかあり得ない。

正直言って、明日香のことは幼い頃に遊んでいたときも男子だと思っていたし、女子だとわかっても「へー」くらいにしか思わなかった。

ボーイッシュで人当たりの良い明日香は、年頃の少年たちには受けが良いだろうと思う。しかし、夏樹的には『ない』の一択だ。

興味がない。関心がない。

今の夏樹は、小梅と銀子という美女と一緒に楽しい生活をしているのだ。同級生の女の子に魅力を感じられるかと問われると、残念ながら難しい。

魅力的な年上のお姉さんであると同時に、家族同然に、長い付き合いの友人のように、遠慮なく明け透けに接することのできるふたりとの時間がとても大切なのだ。

(悪いと思っているのも本当だと思うけど、この子の目はさ……俺を利用した異世界人と同じな

んだよねぇ。こんな気持ち悪い目をしていながら、俺が靡(なび)くわけねーじゃん)

「ちょっと、もういいですって何よ⁉　あたしが何度男子から告白されたのか知ってるの？　あたしは夏樹がいいって思っているんだから、それに応えてくれてもいいじゃない？」

「遠慮しますー」

「夏樹って女の子と付き合ったことないでしょう？　女の子が気持ち良いってこと、たくさん教えてあげるから、ね？」

「いいですぅー」

しつこい勧誘を断るように、バッグで身を守りながら夏樹はそそくさと去っていく。

明日香が追いかけてきたため、夏樹が走り出すと、さすがに追いかけてはこなかった。

(何あの子、怖い！　中学生なのに、なんか嫌！　エロいとかなんも思わないんですけど。むしろキモいんですけど！　おえぇ！)

明日香が優斗に未練も何もないことはいいことだと思ったが、代わりにこっちにくるとは思いもしなかった。

夏樹は明日香に覚えた生理的嫌悪を払うように、中学校にたどり着くと、唯一事情を話すことができる一登に泣きつこうとしたが、途中で教師に見つかった。

「くぉら、由良ぁ！　お前、何日学校サボったと思っているんだ！」

「ごめんなさーい！」

新たな自称幼馴染みが現れるし、教師には怒られるし、散々な朝だと夏樹は肩を落とした。


「由良くん、おはようございます！」

「あ、都さん。おはようございます」

教師に謝罪して職員室から出てくると、いつの間にか待っていたらしい水無月都がにこにこ笑顔を浮かべて挨拶をしてきた。

異世界にいたせいで存在を忘れていたクラスメイトとの再会をしたとき、第一印象はお世辞にも良いものではなかった。

最悪にならなかったのは、やりたい放題の優斗と、自分勝手な杏の存在がいたからだ。

紆余曲折あり、都から謝罪を受けた夏樹は、クラスメイトということもあり良い関係を築いていこうと思っていたのだが、

「さっそく鞄をお持ちします！」

「ちょ、いいって、いいですから、鞄をぐいぐい引っ張らないで」

監視者という話も出ていた都だが、まるで舎弟のように夏樹のスクールバッグを持とうとする。

もう学校にいて、教室まですぐということころでスクールバッグを持ってもらう必要などない

し、中身はすっかすかなので重くもない。

和風美人の都に、クラスメイトの男子が鞄を持たせているところなどほかの生徒に見られたりしたら、どんな悪評が立つかわからない。

「鞄はいいんで、ね、お願いだからはーなーしーてー」

バッグを取り返すと、抱きしめて守る。

少ししゅんとした都だったが、すぐに気持ちを切り替えたようで夏樹と一緒に教室に向かって歩き出す。

「改めて昨日はどうもありがとうございました。お姉ちゃんとちゃんと向き合うことができたのも由良くんのおかげです。昨日も、一緒に寝たんです。お姉ちゃんってスレンダーなのに柔らかいんですよ、ぐへへ」

「女の子がしちゃいけない顔してるよ」

「おっと、失礼しました。ところで、由良くんは朝だというのに何やらお疲れな顔をしていますね。やはりみずち様との件が、尾を引いているのですか?」

心配してくれる都に、「違う違う」と苦笑する。

みずちは強かったし、力もそれなりに出したが、翌日に持ち越すほどではない。

原因はもちろん、松島明日香にあった。

夏樹は、都を見て、ちょうど良いと思った。あまり関心のない明日香のことを都に聞いて見たら、何か知っているかもしれない。特に、女子視点なら男子にはわからない何かを教えてくれる可能性がある。

「朝からいろいろあったんだよ。都さんは、松島明日香って知ってる？」

自称幼馴染みは放置でもよかったのだが、放置したせいで面倒なことになったら嫌なのでなんらかの対処ができれば、と思い尋ねると、都ははっきりとわかりやすい嫌悪を顔に浮かべた。

「松島明日香ですか？　もちろん、あのクソビッ――ですよね」

「え？　今、すごく汚い言葉を使わなかった？」

「気のせいです」

「で、でも」

「気のせいですよ。それで、そのビッ――じゃなくて、松島さんがどうかしましたか？」

「やっぱり汚い言葉使ってるよね⁉」

清楚な見た目の都から聞きたくない言葉が出てきて、夏樹はドン引きだ。

しかし、都が汚い言葉を使うほど、明日香への印象は悪いのだろう。

「えっと、何か知ってるの？　俺さ、朝からうざったく絡まれたからさ」

「そういえば、松島さんは由良くんの幼馴染みらしいですよね。よく言っています。必ず、その次に三原優斗と比べてどうこうという発言を繰り返すので、女子はスルーですが」

「ちっちゃい頃、少しだけ一緒に遊んだって幼馴染みなのかなぁ？」

「少しだけってどのくらいですか?」

「一か月くらい」

「……それって、ただの知り合いでは?」

「だよねぇ!」

　第三者からただの知り合いだと認定してもらえて、夏樹は心底ホッとした。

「しかも、遊んでいたときは、男の子だと思っていたんだよ。あとで女の子だって知っても、へーって感じで」

「……そうなんですか?」

　都は少し驚いた顔をしていた。

「なんで驚くのかな?」

「いえ、あの、松島さんは、由良くんが自分に気があると常日頃から言っているので」

「——あいつ許せない!」

「だ、大丈夫ですよ。誰もまともに相手にしていませんから。ですが、松島さんとは関わらないほうがいいと思います。彼女と親しくすると、誤解されると思いますので」

「もうすでに気があると誤解されているんですけど。うわぁ、憂鬱」

「そうじゃなくてですね……その、非常に言いづらいのですが、松島さんは一部の男子と、とくにバスケ部の男子と仲が良いんです」

都の言いたいことがわからず夏樹は首をかしげた。

「バスケ部の女子がバスケ部の男子と仲が良いのって普通じゃないの？」

「言葉が足りませんでしたね。松島さんは、バスケ部の男子と『だけ』仲が良いのです」

「んん？　それってどういう？」

どこか遠回しな言葉に、夏樹が怪訝そうな顔をする。

すると直接言わなければ駄目かと思ったようで、なぜか少し顔を赤くした都が夏樹に耳打ちした。

「松島さんはバスケ部の男子の一部と、その、関係があるそうです」

「……関係ってあの？」

「あの、です」

「うわぁ」

詳しく聞くつもりはなかったが、女子の中では結構有名のようだ。

優斗とお盛んであることは知られており、悪ノリした男子が優斗と付き合っていないのなら自分にもチャンスがあるのではないかと誘ってみたところ、見事に行為に至ったという。その男子が武勇伝のように語るので、次から次に男子がアタックし、関係を持ったそうだ。

一応、明日香にも好みはあるようで断られた男子もいたようだが、一部の男子と女子たちの中では松島明日香の評判は相当悪い。

（優斗ぉ、つなぎ止めておけてねーじゃん！　あの女も、俺を優斗と比べたりしていた割にはほかの男と関係を持つとか――っ、これが破廉恥）

と、話を聞いたところで、最近の若い子はやーねー、くらいにしか思わなかった。

襲われたとか、脅されたとかならいざ知らず、お互いに合意の上なら問題ない。もちろん、不特定多数の相手とそういうことをするのはいかがなものかと思うが、人の趣味嗜好に口を出すような趣味はないのだ。

（でも相手に困っていないなら、なんで俺を誘ってきたんだろう。あ、駄目だ、考えられない。もう興味が、なくなるぅ）

「そんなことよりも聞いてください。今度の日曜日、お姉ちゃんと遊園地デートしてくるんです！」

「そうなの？　姉妹が仲良くて何よりだよ」

「本当はお母様も一緒に行けたらよかったのですが、なんでもうみずち様の代わりに土地神として来てくださる神様がお決まりのようで」

「昨日の今日でもう？」

「ええ、神界の上層部の方からお電話があったそうです」

「……神託とかじゃなくて電話が来るんだ。がっかりすぎるだろ」

神様たちが現代社会に順応していることに驚くと同時に、ちょっと残念だった。

「水無月家は、今、変わりつつあります。みずち様はいなくなってしまいましたが、新たな神様と一緒に向島市の守護に励みたいと思っています。私も次期当主としていくつか仕事を任されました」

「大変ねぇ」

「そのひとつが……三原優斗の再調査です」

「あいつの？」

すでに優斗に関しての調査は終わっていると聞いていたのだが、なぜ今さらと首をかしげた夏樹に、都は補足するように続ける。

「と言っても、調査はほぼ終わっているんです」

「あ、そうなの？」

「はい。理由はわからないのですが、五日前に、過去に三原優斗の調査に当たった霊能力者たちが彼と肉体関係を持ってしまったと上に告白したそうです。その場限りの関係だったようですが」

「なんでまた急に？」

「それはわかりません。三原優斗に手を出されていたのか、その霊能力者たちが彼に手を出したかまでは私にはわかりませんが、調査に不備があったことが認められました」

どうやら優斗を調査するために近付いた女性たちは、優斗と一回限りではあったが肉体関係を持ってしまったそうだ。だが、まずいとわかっていたのだろう。なかったことにして、問題ないと院に報告した。

しかし、なぜか五日前に突然、自白をはじめたそうだ。

罪の意識があったのか、ほかの理由があったのか。夏樹にしてみたら、不思議なこともあるものだ、と思うくらいだ。

「ていうか、本人たちはなんて言ってるの？」

「三原優斗が好みだったから手を出してみた……とのことです。それ以外はわかりませんし、もうわかりようがありません」

「どういうこと？」

「調査を担当した人間にはペナルティーが与えられました。霊力を破壊されたようです」

「それはまた、なんていうか」

「院は無駄にプライドが高いですから、院の霊能力者としてふさわしくないと判断して即処分です。院は大きな組織ですが、ほかにも組織がないわけではないので、外面を気にしたのでしょう」

「めんどくせ」

本当です、と都は肩をすくめた。

「ここ数日で、もう一度調査員が調査をしたところ、女性に魅了を使っていることを確認できたそうです。力としては微弱ですが、力の重ねがけができることと、肉体的に強い接触を……そのエッチなどをすると快感が大きいやら、三原優斗を魅力的に見せるなどあるようで」

「依存性が強いってこと？」

「これはかりはかかってみないとわかりませんが、自分から魅了にかかる人間はいませんので」

「だよね」

「ただ、一般人でも、霊能力者よりに近い……ざっくりですが、きっかけがあればこちら側に足を突っ込むことができる潜在能力がある人間ほど彼の力の影響を受けやすいと判断されています。ただし、霊能力的に抵抗ができれば大した力ではないようです」

「なんだろう、もやっとする。つまり、優斗と相性が良ければ魅了もよく効くし、相性が悪ければなーんも効かないしってこと？」

「その認識でいいと思います。そもそも力の制御をしていない人間の力なんてそんなものです。だからこそ、今まで危険視されていませんでしたし、少しくらい力があっても放置なんです。魅了も能力として把握したうえで鍛えている人が本気で使えば、抵抗力のない人は殺人すら喜ぶでしょう。死ねと言われれば喜んで死にます。本来はそれほどのものなんです」

「つまり、優斗は雑魚でした、と」

「言い方は悪いですが、はい。ただ雑魚でも、被害者はいるでしょうから私が調べることになりました。もちろん、ほかの霊能力者と協力の上です」

ただ、と彼女は続けた。

「被害者ってほどの被害者がいないんです。例えば、あのビ――いえ、松島さんは三原優斗に入れ込んでいますが、彼以外にも男子と関係があります。もともとそういう子だったとしか判断できません」

「だよねぇ」

「数人、やはり五日ほど前に体調を崩して休んでいる人もいますので、まだ全貌はわかっていませんが……ちょっと大変そうです」

「ケアとかはするの？」

「いえ、私たちはあくまで調査です。仮に力を使わされて無理やりの場合や、証拠を残されていて脅されているのであれば、警察にいくように誘導します。私たちの存在は隠して、ですが」

「そっか。優斗に関しては？」

「すでに由良くんが三原優斗の封印をしちゃいましたよね？　なら、もう放置です。今まで通りにしようとしてもできなくておかしいと思えばそれでいいですし、気付かずに痛い目に遭うのも彼次第ですから」

　夏樹は賛成も反対もしない。

　優斗はもちろん、優斗が手を出した子たちにもさほど興味はないのだ。

　自分にさえ関わらないでいてくれれば、それでいい。

　冷たいようだが、赤の他人のことをなんとかしようと思うほど善人ではない。

「現時点では、三原優斗と関係のある人はあまり素行の良い方ではないですね。高校生、大学生、社会人。補導歴がある人もいます。三原優斗を都合のいい遊び相手として扱っている人もいるそうです。女性たちにもわかるのでしょう。相手が遊びだとわかっているので、こっちも遊んでやろうと、一時的な快楽を求めて……嘆かわしいですが、珍しいことではないと思われます」

「優斗が逆に遊ばれているパターンもあるんだ」

「由良くんも少し気を付けてくださいね」

「え？　俺？」

「三原優斗は由良くんを幼馴染みと公言していますし、綾川杏（あやかわあんず）さんや、松島明日香さんもよく由良くんの名前を……決して良い意味ではありませんが口にしています。勘違いして、三原優斗の関係者だと思われる可能性がありますので」

「うん、わかった。何かされそうになったら容赦なく――」

「違います！　一般人が突っかかってきても手加減してあげてほしいとお願いしたいのです！」

「えー」

「あの、本当に、土地神様を倒せるほどのお力で一般人に何かしたら、それこそ問題になってしまいますから」

「わかりましたー」

「由良くんも、三原優斗には関わりたくないでしょうから、今後はお任せください。調査し、必要なことはしておきますので、由良くんはいつも通りに生活していただければと。あくまでも、私が調査をすることをお伝えさせていただいただけですので」

「わかったよ。頑張ってね」

「ありがとうございます。では、教室に向かいましょう」

今後、優斗はどうなるかわからないし、興味もないが、一登や家族に迷惑をかけないようにしてもらいたいと夏樹は思う。そして、脳裏から優斗のことを排除した。


放課後の教室で、サボった罰の課題を片した夏樹はうーんと背伸びをする。

少し離れた席には、都が夏樹の邪魔をしないように読書をしている。彼女は監視という名目があるので、学校に夏樹がいる間は近くにいるようだ。

都は、姉と一緒に行く遊園地のガイドブックを眺めている。あまりにも集中しているので、声をかけていいものか悩む。

(そういえば、澪(みお)さんはどうしているんだろうね。ちょっと気になるな)

体面上の監視役として澪も名を連ねているので、そのうち会えるのかなと期待する。

そろそろ帰ろうと思い、都に声をかけようとした時だった。

「あー！　いたいた！」

朝と同じ軽いノリで松島明日香が教室に入ってきた。

夏樹はとっても嫌な顔をしたが、彼女は気付いていないのか、気にしていないのか、構わず近付いてくる。

都が警戒心を強くして立ち上がるが、「大丈夫」と目で制す。

「探しちゃったよ。一登に夏樹の連絡先聞いても絶対に教えないってウザいし、知ってそうな杏や優斗は連絡取れないし。靴があったから学校にいることはわかっていたけど、教室でプリント？」

「君には関係ないでしょう。何か用でも？」

「あ、そうだった。夏樹って、これから暇？　暇じゃなくても付き合ってほしいんだけど」

「嫌です」

「即答⁉　でも、絶対来たほうがいいよ？　来なかったら後悔するよ？」

「いえ、いいですー」

「そんなこと言っても気になるくせに」

「お話ちゃんと聞こう？　俺の声聞こえてますかー？　会話のキャッチボールしよう？」

何を言っても明日香には夏樹の言葉が届いていない。

実に面倒くさい人間だ、とため息をつく。

やはり夏樹の態度に気付かない明日香は機嫌よく近付いてくると、

「これからバスケ部の男子たちといいことするんだけど、夏樹もおいでよ」

よろしくないことしか察することのできない言葉を吐いた。

「おえ」

同時に、夏樹に吐き気が込み上げてくる。

（よくも、まあ、都さんがいるのに堂々と……というか、複数人でのお誘いとか嫌ぁ！　きんもー！　思春期でお盛んな男子中学生にとっては女神のような存在なのかもしれないけど、俺には気持ち悪くてしょうがない）

口元を押さえながら、夏樹は異世界でとある貴族の令嬢から告白されたことを思い出す。初心(うぶ)な反応をする可愛らしい子だったが、裏では奴隷を侍(はべ)らせて口にするのもおぞましい行為を好むような子だった。

もちろん、初めから夏樹は相手にしなかったが、性癖を知って以来近付きもしなかった。

「ちょっと、おえって何よ。あ、恥ずかしがってるんでしょう？　男子って最初こそ嫌がるフリをするけど、興味津々なのわかってるんだから。ほら、ね？」

「無理です」

「え？」

「いや、本当に無理です。勘弁してください。お金ですか？　お金払ったら勘弁してくれますか？まじ無理ですから。本当に無理ですから。きもいきもい。おえ」

夏樹も男子中学生なので性欲はあるし、女性にも興味がある。

しかし、明日香は生理的に受け付けない。

優斗の魅了に影響されていないにもかかわらず、軽いノリで誘ってくるような明日香に夏樹はひどい嫌悪感に襲われるのだった。

「いい加減にしなさい！」

ぐいぐい来る明日香に唖然（あぜん）としていた都は、夏樹を守るために大声を張り上げてくれた。

しかし、明日香は都を一瞥（いちべつ）すると、すぐに興味を失ったのか背を向けてしまう。

「由良くんが迷惑そうにしているのが、いいえ、はっきり拒絶しているのがわからないんですか？」

「水無月さんだよね。男子から人気があるくせに、興味ありませんみたいな態度の人にはわからないみたいだけど、男子って恥ずかしがり屋さんだから。フリだから、フリ」

「……今の由良くんを見てそう思えるのなら、お医者様にかかったほうがいいでしょう。被害者かと思って黙って見守っていましたが、もともとの素質があるようですね」

「意味わからないけど、幼馴染みとの会話を邪魔しないでほしいなー」

「ふふっ。笑わせないでください。幼少期に少し遊んだだけの、しかも男子と間違えられていたような人が」

「かもしれないけど、今は女の子じゃん？　男子だってみんな認めてくれてるし」

もう面倒なのでスクールバッグを持って、さっさと学校から出ようとした。

「帰りましょう、由良くん。私もお姉ちゃんと早く会いたいですし」

「水無月さんのお姉ちゃんて、ギャルっぽいのに陰気臭い人だよね？」

姉妹の仲を修復中の都に対し、明日香は言ってはいけないことを言ってしまった。

ぷちーん、と都の中で何かが切れるような音がした気がした。

「──貴様っあああああああああああああっ！　私のお姉ちゃんを馬鹿にしたなぁああああああああああ！　表に出ろ、このクソビッチがあああああああああああああああ！」

ブチ切れた都が虚空から霊刀を抜こうとしたのを察し、彼女の手に魔力をぶつけて阻んだ。そのまま彼女の背後に回って、「失礼します」と一言かけてから羽交い締めにする。

「どうどうどう、ステイステイステイ！」

「放してください！　この不届き者を斬り捨てて、烏（からす）の餌にしてやります！」

「お姉さんのこと急に好きになりすぎぃ！」

「私は元からお姉ちゃんが大好きだったんです！」

感情が昂（たかぶ）ったら我を忘れるのは相変わらずなようで、夏樹が止めていなければ、殺しこそしなくても都は明日香に飛びかかっていただろう。

当の明日香は、自分が危機的状況に陥っていることなどつゆ知らず、ケラケラ笑っている。

「斬り捨てるとか、何それ面白いんですけど。水無月さんって時代劇好きなの？」

「こ、殺す、この女殺す！　由良くん、雲海様をお呼びください！　雲海様なら、お姉ちゃんがディスられたとわかれば、快感が激痛になるような呪いを施してくださるはずです！」

「うわー。何、時代劇好きで、霊感ありますす系な人なんだ。引くわー」

「ちょ、お前も余計なことを言わないで、男子たちとのお楽しみ会にさっさと行けよ！」

火に油を注ぐ明日香に、夏樹はもう勘弁してくれと思った。

「はーい。じゃあ、夏樹も絶対来てよね？　もし、そこの変な女と関係があっても、私は気にしないから！」

明日香はにこやかに返事をして手を振ると、気分良さげに教室から去っていく。

これだけブチギレている都を前に、動揺も困惑もせず笑っていられる精神がすごいと素直に思ってしまった。

都は、近くにあった机を蹴り倒してから、ようやく冷静さを取り戻す。

ふー、ふー、と呼吸を繰り返し、息を整えている彼女をそっと放す。

「あの何を言っても聞いてない感が疲れる。優斗や杏よりも面倒くさい」

もう関わることさえ嫌だ、と疲れた顔をした夏樹に、

「簡単です」

呼吸を整えた都が提案をした。

「呪うのとかは駄目だよ。いや、別にいいんだけど、都さんの立場的によくないでしょ」

「申し訳ございませんでした。しかし、冷静さを取り戻した私はそんなことはしません。する必要もありません。あのような女など、もっと確実に対処する方法があります」

ごくり、と夏樹は唾を飲んだ。

「そ、それは？」

「先生にチクります」

「ええー？」

「男子といやらしいことをしている最中に先生が突撃すれば、言い逃れができないでしょう。ペナルティも下るでしょうし、親にだって連絡がいきます。普通の親なら激怒するでしょう」

「それだああああああああああああああああ！」

夏樹は感心した。

都の言う通り、教師に密告すれば一発でアウトだ。

バスケ部男子たちと何をするかなど、明日香の言動からよくわかった。ならば、教師にその場を発見させればいい。

学校の外のことならあまり口を出さない教師たちでも、学校の中で不純異性交遊をしていれば注意しなければならないだろう。

都が考えているように、大事にならずとも親に連絡がいくことは間違いない。

これはいける、と夏樹は頷いた。

「松島さん、あなたが悪いんですよ。地上に降臨した天使よりも天使なお姉ちゃんをディスったことを後悔すればいいんです。くけけけけけけけけけけけっ！」

「都さん、都さん。笑い方が邪悪。とても邪悪」

「くけけけけけけっ……おっと、失礼しました」

「今の都さんとなら、いい友達になれそうだよ」

にやり、と悪い笑みを浮かべた夏樹と都はがっちり握手を交わしたのだった。


さっそく教師にチクろうとした夏樹と都だったが、肝心の明日香がどこにいるのかわからない。明日香も夏樹を誘った割に、どこで何をするのか言わないあたり、抜けているのか、冗談だったのか、不明だ。

だが、居場所がわからなければチクることができないので、都が簡易的な式神を飛ばしてみたところ、ものの五分で明日香は見つかった。

「――おえっ」

市松人形を思わせる整った顔立ちをした都からはあまり聞きたくない、えずく声だった。

「体育館にある空き部屋に、おそらく元はロッカールームだったのでしょう。そこで、松島さんと――」

「あ、説明は聞きたくないです」

「私も見たくはありませんでした。中学生でそういうことをするのは本人の自由ですから、とやかく言うつもりはありませんが……あの女はおかしいです」

すでに明日香はお楽しみのようだった。

ならば、あとはするべきことをするだけだ。

ふたりはすぐに職員室に向かうと、悍ましい物を見たかのように顔色を変えて、吐き気を我慢するように演技しながら教師に縋った。

もっとも、都は演技ではないようだったが。

「由良くんと水無月さんですか。珍しい組み合わせですね。……ふたりとも青い顔をしていますが、どうしましたか？」

夏樹たちにすぐに気付いてくれたのは、学年主任であり日本史を担当する月読だった。

すらりとした長身で、丸眼鏡をかけた温和そうな男性だ。

特徴的なのは、髪が真っ白であることだ。本人曰く、生まれつきのようだ。

年齢は四〇代のようだが、三〇前後にしか見えない。

生徒思いの良い先生であり、進路相談をする生徒も少なくない。

夏樹の記憶にはないが、彼は怒ると静かだが、噴火前の火山のように恐ろしいという噂だ。

明日香たちのことをチクるにはちょうど良いと、夏樹は内心で笑みを深めた。

「あ、あの、とても言いづらいんですが……どうしていいのか、わからなくて、その、でも」

「俺も、どうやって説明していいのか。いや、そもそも先生にこんなことを言っていいのかどうかわからなくて」

演技派のふたりは、大きなショックを受けた生徒を演じきっていた。

月読はふたりに穏やかな笑みを浮かべると、落ち着くように言ってくれた。

「大丈夫ですよ。何か問題があるのなら、力になりましょう。学校以外のことでも、親に相談できないことでも。しかし、教師は生徒からちゃんと言葉にしてくれなければ動けないこともあるのです。ですから、頑張って言ってみてください」

本当に親身に寄り添おうとしてくれる月読を利用しようとしていることに、少し胸を痛めながら夏樹は静かに告げた。

「その、女子バスケ部の松島明日香さんが」

「彼女がどうかしましたか？」

「体育館の空き教室で、男子バスケ部の男子たちと、その」

「まさか煙草(たばこ)でも吸っているのですか？」

「いや、煙草じゃなくて、不純異性交遊といいますか、なんというか」

異世界で魔王と魔神を倒した勇者も、数人の教師たちの視線が向けられた職員室ではっきり口にするのは躊躇(ためら)いがあり、もごもごしてしまう。

だが、月読は『不純異性交遊』で察してくれたようだ。

「権藤(ごんどう)先生、すみませんが、少しよろしいでしょうか」

静かに立ち上がると、強面(こわもて)の体育教師権藤の名を呼んだ。

「月読先生？　どうかしましたか？」

こちらに来た権藤に月読が小さく耳打ちをした。

刹那、権藤の顔が憤怒(ふんぬ)で真っ赤に染まる。

（あ、そういえば権藤先生って確かバスケ部の顧問だったような気が）

えらいこっちゃ、と思う夏樹の肩を力強く権藤が叩いた。

「由良、水無月。言いづらいことだったとは思うが、よく言ってくれた。あとはこっちでなんとかするから、お前たちは帰りなさい。親御さんに……言うのは止めないが、できればほかの生徒には言わないでほしい。いいな」

「わかりました」

「こんなこと言えません」

「だよな。すまん。じゃあ、あとは任せろ」

権藤はそう言って体育館に向かう。

「待っていても良いことはないでしょうから、ふたりとも帰宅してください。もしかしたら事情を聞くために電話するかもしれません。その時は、お願いしますね」

月読も権藤を追っていく。

夏樹たちは「失礼しました」と礼をして職員室を出ると、暗い顔をして下駄箱に行き、上履きから靴に履き替える。

校舎を出て、校門をくぐろうとしたとき、

「貴様らぁあああああああああああああああ！　何をやっているぅうううううううううううううううううううう！」

権藤の怒号が聞こえたので、演技の暗い顔をやめて満面の笑みを浮かべると、「いえーい」とハイタッチしたのだった。

「えげつないっすねぇ、夏樹くん。高校だったら退学案件っすよ」

「いんや、中学校でもあかんじゃろ。親に連絡行って、下手すりゃ休部じゃろう。いや、廃部するかもしれんのう。最悪、転校する奴も出てくるじゃろうて」

帰宅した夏樹は、リビングでのんびりしていた銀子と小梅に学校での出来事を語った。

仮に松島明日香が転校でもしてくれれば、夏樹の日常がひとつ平和になるだろう。

「それにしても水無月都さんも変わったっすね」

「やっぱり知ってるの？」

「もちろんっす。水無月家と警察は持ちつ持たれつっすからね。何度かご挨拶もしたことありますが、良くも悪くも名家のお嬢さんって感じでしたから。教師にチクって追い込むとか、想像できねーっす」

銀子は都と接点があったようで、彼女の変わりように驚いていた。

夏樹も都がとても変わったとわかっている。今の都のほうが友人として好ましい。

姉の澪とも関係を修復しているようだし、姉妹が今後より良い関係を築いてくれることを願う。

「ふたりはどうだったの？　酒屋さん行ったんでしょう？」

「それがっすね、聞いてくださいっす！」

「大漁じゃったぞ！」

「私は五〇〇〇円って言ったのに、このお天使様は四、五〇〇〇円の酒を五本も買いやがったっすよ！」

「ばっかもん！　基本、プレ値になっとる酒が希望小売価格で売っておったんじゃ。買うじゃろう！」

「気持ちはわかりますけど、そのお金は私のっすから！」

「細かいのう」

「細かくねーっす！」

「じゃが、飲むじゃろ？」

「そりゃ飲みますよ！　私のお金で買ったんすから！」

どうやら想定外のお金を使われたようで、銀子は肩を落としている。

対して、小梅はホクホク顔だ。

銘柄を聞いたが、お酒を知らない夏樹には興味がなかった。

「はぁ。お酒のことはいいとして、春子(はるこ)さんから連絡がありましたっす」

「――今夜はすき焼きのようじゃぞ！」

「やったー！　肉だー！」

「肉じゃ肉じゃー！　すき焼きは日本のご家庭が一番うまいってゴッドが言っていたんで楽しみじゃ！」

「なんすか、そのすき焼きに詳しい的なゴッドは」

「すき焼きの守護天使を選抜するとか言っておったぞ」

「もういいっす。ゴッド関連はお腹いっぱいっす」

ゴッドのフリーダムなご様子に、銀子は疲れた顔をして寝っ転がった。

「あ、そうそう。そういえば、土地神さんが今度来るんだって」

「新しい方っすか？」

「うん。そうみたい」

「珍しいのう。神族は割と怠慢じゃから、土地神が一匹消し飛んだところで代わりをこんな早く送ってくるもんかのう？」

「……恐らくっすけど、神族には夏樹くんの神殺しがバレているんでしょうね。だから、警戒を兼ねてそれなりに戦える神を送ってくる可能性も」

「いや、無理じゃろ。気軽に人間界に来られる神程度が夏樹に勝てんじゃろう」

新たにやってくる土地神に関して、意見を言い合うが、結論は出ない。

後手に回るのは嫌だが、土地神が来てから考えるしかないのだ。

夏樹としては、自分から率先して敵対するつもりはない。

無論、自分の今の生活を脅かされなければ、だが。

「それにしてもお腹空きましたね」

「まだ五時前だよ？」

「俺様も腹ペコじゃ。銀子がケチなので、ハンバーガーしか食わせてくれんかった」

「酒に金使わなけりゃもっと食べてもよかったんすけどね！」

睨み合うふたり。

なんだかんだと相性が良いようで、うまく行っていることに夏樹は頬を緩ませた。

久しぶりの中学校で、不快な思いをしたが、銀子と小梅を見ていると心が洗われるようだ。

「――ん？」

ほっこりしている夏樹は、違和感を覚えた。

「夏樹くん？」

「どうしたんじゃ、夏樹？」

銀子と小梅は気付いていないようだが、夏樹は家の前に極限まで抑え込まれた魔力を持つ誰かがいることを感じ取った。しかも、その魔力はかなり大きい。まず人間ではないだろう。

「――来る」

ピンポーン、とチャイムが鳴った。

「あら？」

てっきり外から襲いかかってくるのではないかと警戒していたが、まさかチャイムを鳴らして堂々と来るとは思わず、肩透かしをくらう。

「んん？　どこか懐かしい気がするんじゃが？」

小梅がそんな呟きをしている間に、夏樹はインターホンに応じた。

「はい、どちら様ですか？」

「約束なく訪問してしまい申し訳ありません。私は、ルシフェル。魔界にて魔王サタン様の秘書をしている、七つの大罪の傲慢を司る魔族です。本日は、マイエンジェル小梅がお世話になっていると聞いてご挨拶に参りました」

夏樹、銀子、小梅が口を開けて唖然とした。

突然すぎる、魔界のビッグネームの来訪にどうすればいいのかわからなかったのだった。


ルシフェルを自称する青年は、グレーのスーツを着こなした、イケメンだった。

小梅のことをマイエンジェルと言っているので知り合いだとは思われる。

（んん？　力がなんとなく小梅ちゃんと似ているけど、ご家族？）

魔力と神力というわずかな違いを感じるが、伝わってくる力の感覚が小梅とルシフェルはとてもよく似ていた。

「げっ、クソ兄貴⁉」

小梅の口から、ルシフェルが兄だとわかり、夏樹と銀子は驚いた。

だが、よく考えると、父親は堕天してサタンになっているのだ。兄もついでに堕天していても驚くことではない、と冷静さを取り戻そうとする。

夏樹はさておき、銀子からすれば四日ほど前まではちょっと霊能力が使えるだけの可愛い婦警さんとして暮らしていたのが、異世界帰りの勇者と、天使、宇宙人、果てにはサタンの側近を名乗るルシフェルまで現れれば驚くなと言うほうが難しい。

人間ふたりの動揺はさておき、ルシフェルは小梅に視線を向けると、クールな印象を受ける整った顔を破顔させた。

「マイスウィートエンジェル小梅ちゃんの大好きなお兄ちゃんだよ！」

「あ、大丈夫っす。これはただのシスコン兄貴っす」

「うん。シスコン兄貴として扱おう」

夏樹と銀子は、名の知れた魔族ではなく、小梅のお兄さんとして扱うことに決めた。

「誰が大好きじゃ！　おどれはクソ親父と一緒に魔界でのんびりしておけばいいんじゃ！　そもそも人間界に力のある魔族がくるのはルール違反じゃろ！　ゴッドにチクるぞ！」

「そのゴッドがルール違反なんですけどね。あと、君もですよ。マイシスター」

「……ルールとは破るもんじゃ。ゴッドが悪い」

「そうですね。あのクソゴッドが悪いですね」

うんうん、と頷き合う兄と妹。

夏樹としては、ルシフェルから敵意を感じないことや、小梅の兄を玄関にいつまでも立たせておくのもどうかと思ったので、

「とりあえず、上がってください」

家の中に招いた。

「……ありがとうございます。あ、これはつまらないものですが」

「お気遣いくださってありがとうございます」

ルシフェルは、夏樹に林檎(りんご)が入ったバスケットを渡す。

受け取った夏樹は、おや、と思う。

不思議なことに林檎から魔力を感じるのだ。

「魔界のとある街で名産の果実です。ひとつ食べると魔力がみるみる回復するアポォーです」

「林檎ってことですか?」

「いえ、アポォーです」

「なんで巻き舌……まあ、いいや。どうもです」

「あ、ちなみに、そのアポォーを巡って人間が殺し合いをしたことがあります」

「そんなもん持って来んな！」

食べる機会はなさそうだが、土産は土産なので頂戴しておく。母が食べないように、あとでアイテムボックスにしまっておこうと決めた。

「どうぞ、良いお茶です」

「これはこれはありがとうございます。ジャパニーズグリーンティーは大好きです」

なぜ外国人のような反応なのだろうか、と首をかしげてしまう。

流暢（りゅうちょう）な日本語を話しているのに、ジャパニーズグリーンティーだけ英語っぽいカタコトになる。

もしかして、小梅のようにキャラ付けでもしているのだろうかと思い、ツッコミはしなかった。

「それで、どうしてわざわざウチに？」

「待つんじゃ！」

茶の間の丸テーブルを囲んで腰を下ろし、夏樹が要件を聞こうとするとなぜか小梅が待ったをかけた。

「どったの？」

夏樹が訪ねると、小梅は天使のくせに悪魔のような笑みを浮かべた。

「まずは自己紹介じゃ」

「ま、マイシスター！　私はすでに名乗ったのですが」

「ルシフェルはおどれの役職名みたいなもんじゃろう！　ちゃーんと名乗るんじゃ。俺様の兄だと言うのなら、ルシファーさん家（ち）のお名前があるじゃろう！」

「し、しかし」

「ほれほれ、言ってみぃ！　ちなみに、俺様の小梅様というお名前は、夏樹と銀子が感涙するほど素敵なお名前じゃったぞ！」

「いや、感涙はしてねーっす！」

「うん。してないよね。良い名前だけどさ」

　察するに、ゴッドからのペナルティによってルシフェルも、和名が名付けられているのだろう。そして、本人はその名を好きではない。

「あの、小梅ちゃん。無理に名乗らせなくても」

「そうっすよ。ルシフェルさんでいいじゃないっすか」

「いーや！　駄目じゃ！　名前は大事じゃ！」

　小梅が無理やり名乗らせようとしている姿を見ていると、不思議と夏樹と銀子もルシフェルの名前に興味を持った。

　もともとノリのよいふたりだ。小梅に協力するため、名乗りはじめた。

「こんにちは。由良夏樹です！」

「どうもっす！　青山（あおやま）銀子っす！」

にっこり笑顔で自己紹介をすると、夏樹と銀子は声をそろえた。

「あなたのお名前は？」

ルシフェルは苦虫を噛み潰したような顔をするが、名乗るのが礼儀だと考えたのだろう。屈辱に満ちた顔をして、か細い声で名を告げた。

「……ルシファー・一心（ぴゅあ）です」

現代日本人もびっくりなキラキラネームに、夏樹と銀子は「うわぁ」と気まずい顔をした。

「ぎゃーはははははははっ！　相変わらずクソみたいな名前じゃな！　クソ兄貴が輝いて見えるぞ！」

「構いません。笑ってください」

妹は兄を指差し爆笑している。よほどおもしろいのか、ひっくり返って足をバタバタさせている。

しかし、夏樹と銀子は笑えなかった。

一心は俗に言うキラキラネームだろう。

バラエティ番組でネタにされる名前は数多くあり、時には「それはちょっと」を通り越して「ないわー」と悲しくなるような名前まである。

別の意味合いを感じさせてしまうひどい名前だってあるのだ。

ただし、改名は可能だ。

しかし、小梅がそうであるように、一心もゴッドが決めた名前なので改名ができないのだろう。小梅の兄なら、やはり紀元前から生きているのだろうが、長い時間一心という名を名乗らされていたと思うと、笑いよりも先に悲しさがくる。

「笑わない、のですか？」

「……笑えないです」

「小梅さん……お兄さんに無理やり名乗らせるとか、天使の所業じゃないっすよ」

「なん、じゃと？」

一緒に大爆笑すると思っていた小梅だったが、夏樹と銀子が悲しそうな顔をしているのを見て驚いている。

だが、驚いているのは小梅だけではない。

ルシフェルもまた、大きく目を見開いていた。

おそらく、彼にとって初めての反応だったのだろう。

つう、とルシフェルの頬に涙が伝った。

「……嗚呼(ああ)、なんということでしょうか。今まで、家族も、友人も、親戚も、近所の人たちも、敵対した魔族や、その部下さえも失笑どころか爆笑した私の名を憐れんでくれるのですか」

「その言葉を聞いて、憐れみ通り越して言葉にできない悲しい感情しか湧き上がってこないですから」

「小梅さんの名前って全然いいっすよね。ルシファーに合ってないだけで、ちょっと古風なお名前っすから。でも一心（ぴゅあ）って。……小学生なら毎日執拗に揶揄（からか）われるレベルっすよ」

同情する言葉を重ねる夏樹と銀子に、ルシフェルはハンカチで涙を拭うと、感極まったように笑顔を浮かべた。

「感動しました。由良夏樹くんと青山銀子さんは私のお友達です！」

知り合って一時間も経たない内にルシフェルに友達認定されてしまった。

さすがに想定外だ。

「やったね、銀子さん。ビッグネームが友達になったよ」

「……な、なんのことっすかね。わ、私はあくまでも小梅さんのお兄さんとお友達になったってだけで、魔族の幹部とか知らねーっす」

感動するルシフェル。

友達認定にちょっと困った顔の夏樹。

めちゃくちゃ動揺している銀子。

兄を名前でいじる予定が同情になってしまったので面白くなく頬を膨らませる小梅。

「つーか、クソ兄貴はなんで人間界に来たんじゃ？　マジでご挨拶だけとか抜かしたらぶっ飛ばすからな！」

「いえ、そんなまさか。ご挨拶だけなら、お電話でもできます。ただ、やはり兄として礼儀を尽くしたい。しっかりお顔を見て、ご挨拶したかったのです」

「挨拶が済んだのなら帰れ帰れ」

「実を言うと、もうひとつ用事があります」

「なんじゃ？」

怪訝そうな顔をする小梅に、笑みを絶やさずルシフェルは続けた。

「由良夏樹君はとても良い子のようです。力もかなりありますし、正直、魔族として君と戦ってみたい感情もあるのですが……それは置いておきましょう」

「はぁ」

「私は君にお聞きしたい！　ＳＮＳでマイエンジェル小梅ちゃんとデートしている写真が山のようにアップされているのですが……まさかとは思いますが、お付き合いされているとか、淫らな関係になっているとかはないですよね⁉」

ルシフェルは妹と仲が良い夏樹に直接問い質しに来たようだ。

都といい、ルシフェルといい、姉妹への愛が重い。

「くっだらねぇ理由で魔族の幹部が人間界にくるな！　このボケェ！」

小梅の怒声が由良家のリビングに響き渡った。

神界のとある一画。

神界の幹部である大天使ミカエルの息子アルフォンス・ミカエルが、仕事終わりのビールを美味そうに飲んでいる父に、苛ついた様子で声をかけていた。

「父上……いい加減、小梅のやつを連れ戻してくれよ」

「……アルフォンス。父はゴッドがほっぽり出した仕事を頑張って片付ける日々です。その一日がようやく終わったのでキンキンに冷えたビールを飲んでいるのですが？」

「説明しなくても見ればわかる！」

アルフォンスと違い、ミカエルを名として名乗ることができるのは大天使ミカエル本人のみ。

神界において、特に天使の中では最上位の力を持つ天使である。

その強さは、かつて神界で最強と謳われた大天使ルシファーを魔界へ叩き落としたほどだ。

そんなミカエルは、リビングのソファーにあぐらをかき、灰色のスウェット姿だった。

――威厳もクソもない。

光り輝くブロンドの髪を伸ばした美しい二〇代半ばほどの青年に見えるミカエルだが、スウェットを着こなしていた。

某量販店で買った一九八〇円のスウェットのはずが、彼が身につけると高級ブランドのスポーツウェアに見えるような気がしないでもない。

息子のアルフォンスは、二十歳ほどの長身の青年だ。鍛えられた肉体は戦士のものだ。父ほどではないが、天使の中ではなかなかの力を持っている。

父から受け継いだブロンドの髪を肩まで伸ばし、スリムなジーンズに皮靴、胸元の開いたシャツという格好をしている。

「小梅のやつが人間界で馬鹿をやりだして何年経つと思っているんだ。ルシファーの長男は堕天するし、次男は人間狂い、長女は働きもしない婚活ババァだ。唯一まともだと思っていた小梅も、何百年か前に急に性格が変わっちまいやがって……近所のババァどもが嘆いていたぞ」

「ルシファーさん家のことはルシファーさんにお任せすればいいのです」

「あのな！　小梅は俺の婚約者だぞ！」

小梅の婚約者を名乗った息子に、ミカエルは冷たい目を向ける。

「アルフォンス。君は小梅の婚約者ではないよ。ルシファー、いいや、サタンは小梅と結婚するための条件をつけている。小梅よりも強くなければいけない。君は、かつて手も足も出ずに敗北しているだろう？」

「あ、あれは数百年前の話だ！　今は俺のほうが強い！」

「そうでしょうか？」

「俺は北欧の神にも勝ったんだぞ！」

自慢するアルフォンス。

小梅に負けてから、強くなることを求め武者修行をしていた彼は、北欧の神々の街に赴き名の売れた神と戦い、鍛えていたのだ。

「それはよかったですね。しかし、小梅の潜在能力を君は知らないでしょう」

「いくら小梅が強いからって」

「彼女は本気で戦いません。彼女が全力を出せば、周囲に被害が出てしまうからです。心優しい彼女はそれを望みません」

もっとも、全力を出さずとも強いのがルシファー・小梅という天使だ。

「ちょっかいをかけるなとは言いませんが、戦って従わせるようなことはしないように。小梅の力は堕天したルシフェルよりも上なのですから」

「ありえないだろ！」

「小梅のことはさておき、ゴッドとサタンからルシファーさん家の長女をお薦めされていますが、いかがですか？」

「あれは嫌だ！　婚活モンスターと誰が結婚したがるんだ！　変な意味で人間に影響されやがって！　俺たちに年収一〇〇〇万円を求めるな！」

「我々は人の影響を良くも悪くも受けるのですから、仕方がありません。さあ、あなたもたまには私の仕事をお手伝いしてください」

父の言葉を無視してアルフォンスは背を向けた。

「お待ちなさい。まさか人間界に行くわけではないでしょうね？」

ミカエルが口に泡の髭を作った状態で、息子を鋭く睨んだ。

アルフォンスは振り返ると、怒りで顔を真っ赤にしてスマホを父に見せる。

「これを見ろ！　小梅のやつ、人間の男子とほっぺたをくっつけた写真をＳＮＳにアップするとか、なんて破廉恥なんだ！　婚約者の俺が迎えに行き、正しく導かないといけないだろ！」

スマホの画面には、でっかい鯉を抱えて満面の笑みで自撮りをする小梅と、密着しすぎて頬を赤くした夏樹の写真が写っていた。

ミカエルは、どこが破廉恥なのかわからず、じーっと眺める。もしかして自分にはわからない隠されたメッセージか何かがあるのかと悩んだが、ただの初々しい写真だった。

「これのどこが破廉恥なのですか？　あと、何度も言いますが、小梅は君の婚約者ではありませんよ」

「うるさい！　俺は、迎えに行くんだ！」

「こら、お待ちなさい」

ミカエルが止める間もなく、アルフォンスは足早に去っていった。

「はぁ。困ったものですね」

嘆息したミカエルは、次のビール缶を開けた。

「仕事時間を過ぎた私には、ビールを飲みながら動画を見るという使命があります。――小梅、降りかかる火の粉は自分で払ってください。では、かんぱーい！」

どうせアルフォンスでは小梅に勝てないとわかっているミカエルは、息子を放置してまったりした時間を過ごすのだった。

——しかし、さすがのミカエルも、アルフォンスが人間の少年と大激突するとは予想もできなかった。


「しかし、兄として放っておくわけには」

「兄だからこそしゃしゃりでてくるんじゃねえ！　ほっとけぼけぇ！」

「その様子を見る限り私の心配は杞憂だったようですね。——しかし、由良夏樹くんは、宇宙一美人な小梅ちゃんと一緒に生活しているのに手を出さないんですね。……男の子としてそれでいいのかな？」

「いえ、あの、それはですね」

「ええぃ！　大きなお世話じゃ！　つーか、知り合って数日でどうこうなるわけないじゃろう！　今はマブダチじゃ！　それでええんじゃ！」

ルシフェルは、あくまでも友情と言い張る小梅と、もじもじしてしまう夏樹から、まだ清い関係のようだと察して安心したようだ。

夏樹にとって小梅は美人すぎるのに、同性の友人のように接することができる気さくな存在だ。

「え？　なんすか、このお楽しみデート？　私の仕事中に？　いーなー！」とちょっと拗ねている銀子も含めて、女性経験のない思春期の中学生が手を出そうというのなら、登山したことがない人がいきなり富士山を通り越して火星のオリンポス山に挑むレベルだ。

今は、友人でもあり家族のような関係が心地よかった。

それに、小梅も言ったがまだ出会って一週間も経っていない。進展を急ぐ必要はないだろう。

「まあいいでしょう。せっかくできた友人を数分後に手にかけずによかった」

「……物騒なことを考えていたなぁ、この人！」

ルシフェルは妹に近付く男はすべて排除する気のようだった。

夏樹は今のところはセーフのようだが、ルシフェルと万が一戦う可能性があると思うと、背筋に嫌な汗が伝う。

「夏樹くん、顔……笑っているっすよ」

「クソ兄貴と戦いたいって顔しておるぞ」

「……一四歳でしたよね？　私が大人気ないのはもちろんですが、こんな好戦的な中学生と初めて出会いました。基本的に、それなりに力がある人間なら私が目の前に立っただけでも怯えるのですが」

銀子、小梅、そしてシスコン堕天使も、興味津々な笑顔を浮かべている夏樹にちょっと引き気味だった。

夏樹は自分の顔を触ると、唇が吊り上がっていることに気付き慌てて隠す。

「……失礼しました。魔族の幹部がどのくらい強いのかちょっと気になりまして。敵意はありませんよ！」

「敵意がないことはわかっていますが……。ふむ。不躾ですが、夏樹くん。少しだけ『視て』もいいですか？」

「え？　あ、どうぞ」

「では失礼しますね。どれどれ」

夏樹がルシフェルに興味を持ったように、彼も夏樹に興味を持ったようだ。

ルシフェルの左目に魔法陣が浮かんだ。

しばらくルシフェルが「ふむ、おや」と夏樹を視ていると、次第に「あれ？　えぇ？」と困惑した声を出しはじめた。

「やべーっすよ。これ、絶対、夏樹くんのとんでもスペックにルシフェルさんがびっくりする未来しか見えねーっす！」

「やべーじゃろ！　クソ兄貴に目をつけられたら、魔族にスカウトじゃぞ！」

これからの展開に不安を抱いている銀子と小梅がどうしたものかと悩んでいると、ルシフェルの目から魔法陣が消えた。

　そして、汗を流し、青い顔をした彼は、引き攣った顔をしていた。

「すべてを視ることはできませんでしたが……単純な魔力だけなら、魔族の幹部連中にも匹敵します。あの、最近の中学生ってみんなこれほど規格外なんですか？」

「んなわけないじゃろう！　夏樹が規格外なだけじゃ！」

「で、ですよね。よかった。それにしても、これだから人間は怖い。時々、いるんです。こうやって私でも驚くような力を持つ人間が」

　ルシフェルは驚いたように、しかし、どこか楽しそうな顔をしていた。

「夏樹くん」

「はい？」

「君になら、小梅を託していいのかもしれません。これからも小梅をよろしくお願いします」

「ちょ、ちょちょ、待つっす！　夏樹くんは中学生っす！　結婚にはまだ早いっす！」

　丁寧に頭を下げたルシフェルに、待ったをかけたのは銀子だった。

　ルシフェルは銀子の様子に、何かを察したようで、にこやかに訂正をする。

「失礼。誤解をさせてしまいましたね。そうではなく、今後小梅ちゃんと結婚するために、小梅ちゃんを倒そうとする有象無象がくると思いますが、夏樹くんがいれば万が一もないでしょう」

「ちょっと待てクソ兄貴！　なんでじゃ！　今まで、なーんもなかったのに！」

兄の言葉に小梅が不愉快な顔をするが、ルシフェルは残念そうに告げた。

「お兄ちゃんはこんなこと言いたくないのですが……小梅ちゃんが夏樹くんとの楽しそうな写真をＳＮＳにアップするからですよ！」

「――誰にでも間違いはあるんじゃ！」

しれっと、自分は悪くないという態度を取る小梅に、

「小梅さん！　自業自得じゃないっすか！」

すかさず銀子が突っ込んだ。

てへへ、と舌を出す小梅が可愛かったので、夏樹も銀子ももう何も言うまいと思う。

「ところで、ルシフェルさん」

「なんでしょうか？」

「小梅ちゃんと結婚するのに、なぜ本人を倒す必要があるんですか？」

夏樹は、少し気になったことを我慢できずに尋ねた。

魔族や神族独自の風習があるかもしれないので、野暮なことは言いたくないが、結婚する相手を倒すなんて野蛮である。

もしも小梅よりも強い相手がいた場合、たとえ小梅が嫌でも敗北したら結婚しなければならないのなら、夏樹としても不満だ。

結婚とは、ちゃんと好きな人同士が愛を育みするものだと思っているからだ。

「君はまっすぐな子のようですね。……小梅ちゃんの結婚に関してですが、兄としてこういうことは言いたくありませんが、紀元前から結婚どころか彼氏の影もありません。まあ、いたら殺しますが。それはさておき、そろそろ結婚したほうがいいのではないか、とサタン様とゴッドの意見が珍しく一致しましてね。しかし、小梅ちゃんは嫌だという。妥協案で、小梅ちゃんを倒せたら婚約者に、となりました」

「俺様を倒せる奴がおるもんか！」

「と、このような感じで快諾してしまいました」

無理やりなら抗議しようかと思っていたが、小梅も同意しているのなら余計なことは言わない。というか、小梅の少し傲慢なところを利用された感もあろうが、本人が気にしていないならとやかく言うつもりはない。

「兄が言うことではありませんが、小梅ちゃんはモテます。かつてはおとなしい令嬢として人気でしたが、現在の小梅ちゃんもこれはこれでイイという男は多いのです。そんな可愛い妹がＳＮＳに君との写真をアップしたので、今まで小梅ちゃんに勝てもしなかった奴が嫉妬剥き出しです」

「はぁ」

「嫌ですねぇ。弱いくせに、嫉妬だけは一人前。私が全員殺してもいいのですが、立場的にやってしまうと魔界が割れる可能性がありますので我慢しているところです」

結局、小梅に惚れている魔族が、小梅には勝てないが人間の子供になら勝てるだろうと襲ってくる可能性があるようだ。

「こちらとしては、申し訳ございません、と謝罪するしかありません。ですが、魔族はこういう種族です。夏樹くんが戦い、殺すぶんならば問題ありませんので遠慮なくやっちゃってください」

「了解しました！　小梅ちゃんは大切な家族だから、俺が守るよ。そもそも、戦って勝ったら嫁とか意味わかんないから、とりあえずみんなぶっ殺すね！」

「――とぅくん。え？　これが、恋？　身体が小刻みに震えるんじゃが」

輝くような笑顔で小梅を守る宣言する夏樹に、小梅が頬を染めた。

しかし、身体がブルブルと小刻みに震え、少し変な汗もかいている。

「小梅さん……心のときめきを、わざわざ口にする必要はねーっすからね。あと、心はときめいていても身体は先日の戦いの恐怖を覚えているみたいっすね」

「て、照れ隠しとビビり隠しじゃ！　察しろ！」

「――とぅくん。あれ、小梅さんかーわーいーいー！」

「おのれ銀子、貴様ぁ！」

女性たちのやりとりを微笑ましく見る夏樹だが、ふと口から言葉があふれてしまった。

「だけどさ、サタンもゴッドも小梅ちゃんの気持ちを考えているんだかいないんだか。無理やり誰かをあてがうようなやり方するとか、もっとほかに何かないのかなぁ」

「耳が痛いな。ま、小梅の結婚相手をちゃんと見つけなかった俺が悪いんだが。そこは許してくれ」

「え？　誰⁉」

不意に聞こえた声に、夏樹が驚く。

ルシフェルに害がないとわかっていたが、魔族がいる以上、ほかに近くに誰かいないかどうか網を張っていたのだ。

しかし、声の主は夏樹の感知をすり抜けていた。

「に、庭っす」

銀子が震える指を窓の外に指す。

茶の間の窓から見える庭には、ひとりの男性が立っていた。

中年だが、渋いハリウッドスターのような風貌で、白いスーツを身につけている。

少しだけ、雰囲気が小梅とルシフェルに似ていた。

「ピンポン押そうかと思ったんだが、面白そうな話をしているからつい盗み聞きをしちまった。勝手に庭に入るなんて不作法をしてすまねえな」

「あ、あんたは？」

「おう。俺は、サタン。魔王にして、七つの大罪の憤怒を司る木っ端魔族だ。とりあえず、お邪魔していいか？」

にこやかに手を上げる、サタンを名乗るちょいワル風の中年に、夏樹は大きく息を吸ってから叫んだ。

「ビッグネームすぎるだろ！　もっと格下から順番に来いよ！」

夏樹は、小梅の父である魔王ことサタンをいつまでも庭に立たせているわけにもいかないので、茶の間に通した。

意外と礼儀正しい魔王は、白い革靴を脱ぐと、ちゃんと玄関に置きに行ってくれた。その際、しっかりと靴を揃えていたのが印象的だった。

「粗茶ではなく良いお茶です。どうぞ」

「おう、悪いな」

あぐらをかいて座るサタンの前に湯呑みを置くと、彼は嬉しそうに口をつけた。

湯呑みを持つ白人の中年男性という姿に違和感しかないが、なぜか様になって見えるのはサタンの動作ひとつひとつに品があるからかもしれない。

「クソ親父……クソ兄貴に続いておどれまで……何をしにきたんじゃ！」

「相変わらず口の利き方が悪いな、小梅ちゃん」

「はよ答えんか！」

敵意むき出しにして小梅が怒鳴ると、やれやれ、とサタンが肩をすくめる。

（あー、サタンが堕天したせいで小梅って名前になったし、いろいろ思うことがあるようだから態度悪いのかぁ。でも反抗期の女の子って感じで、憎んでいるとか嫌悪しているとかはないみたいだから、ちょっと安心かな）

個人的には堕天したサタンも悪いが、一族にペナルティとして和名を強制したゴッドが一番悪いと思う。

「小梅がSNSにそこの坊主とイチャついている写真をアップしたせいで、馬鹿息子が大暴れするんじゃねえかって心配してきてやったんだよ。まさか仲良く談笑しているとは思わなかったぜ」

「談笑なんてしとらん！　用が済んだのなら、クソ兄貴を連れて帰れ！」

「そう言うなって。最後に顔を合わせたのは……五〇年前じゃねえか。少しくらいパパとお話ししようぜ」

「だーれーがー、パパじゃ！」

小梅は拒絶反応を示しているが、サタンは慣れた様子で飄々(ひょうひょう)としている。

ルシフェルは、関わらないようにお茶を飲んでいる。

夏樹は、借りてきた猫のように大人しくしている銀子に近付いて耳打ちをした。

「銀子さん、どったの？」

「い、いや、あり得ねえっす。小梅さんのお父様ならそりゃサタン様なんでしょうけど、なんも感じないってあり得ないっすよ。霊力を持たない人間だって、何も感じないわけじゃないすから」

「やだなぁ、銀子さん。力を感じさせずに、戦いになったら相手に絶句させるのが面白いんじゃない」

「え？　やだ、この子。怖い」

夏樹は懐かしむ。

かつて異世界で、自称強者に弱いふりをして近付き、散々馬鹿にされた仕返しに全力の魔力を放ってみせた。その自称強者は、夏樹にビビり失禁だけではなく脱糞までしてしまったのだ。

以来、魔力放出には気を使っており、力も隠すことにしている。

なめた態度の相手が泣きそうになる顔を見るのは愉快だし、油断しているのならすぐに殺せるので便利なのだ。

「おう、わかっているじゃねえか。本当に強い奴っていうのは、力をひけらかさないんだよ。ゴッドみたいに常に後光を出して、ゴッドですが何か、みたいな奴って俺は嫌いなんだよね」

「ゴッド全否定じゃん！」

「そりゃ、サタンだからなぁ」

「あ、そっか！」

ははははははは、と笑う夏樹とサタン。

サタンの力は相変わらず感じ取れないが、魔族のトップなのだからしょうがないと夏樹は割り切っている。

力の差があるのはわかりきっているが、最悪戦いになっても夏樹にだって隠している力はあるのだ。人間の意地を見せるくらいの覚悟はある。

もっとも敵意も何もなく、何よりも小梅の父だ。戦うなんてことはしたくない。

「なんでクソ親父と仲良くしとるんじゃ夏樹ぃ！」

「わかっていましたけど、夏樹くんも大概バグってますね。メンタルオリハルコンっすか？」

夏樹とサタンが笑顔で会話するので面白くないと頬を膨らます小梅、割と引いている銀子。

「まさか父とこのように打ち解けることができる人間がいるとは……不思議ですね。人間は、まず怯えるところから始まるのですが」

そしてルシフェルは興味深そうにしていた。

「由良夏樹……だったよな」

「うん。よろしく」

「おう。にしても、由良か。どうにも俺は由良って家名に縁があるらしい」

「え？　どういうこと？」

「いや、何……待て、待て待て待て待て！」

由良という苗字に何か聞き覚えのあるサタンが、何やら慌て出し、そして何を思ったのか、大きく鼻で深呼吸を始めた。

「――やはり、この香りは」

「あの、うちの茶の間で思い切り匂い嗅がないでください」

「堕天するだけあって、ちょっとおかしいっすね」

「父上……ちょっと引きました」

「クソ親父ぃいいいいいいいいいいいいい！　お世話になっとるお家で気色悪いことするんじゃねぇえええええええええええええ！」

夏樹が頬を引き攣らせて、銀子とルシフェルが引き、小梅が絶叫した。

「あ、すまん。誤解だ、ちょっと話を聞いてほしい――」

弁明しようとするサタンだったが、夏樹たちはルシフェルを含めて距離をとっている。

物理的な距離もそうだが、心にも距離ができてしまった気がした。

サタンが何やら言い訳をはじめようとしたときだった。

「ただいまー。あらあら、靴がたくさん。お客さんかしらー？」

母春子が帰宅してしまった。

まずい、と夏樹が思うも、母を止める理由が咄嗟に思い浮かばない。

その間に、母が茶の間に来てしまった。

「まあまあ、お客さまがいらしていたなんて。夏樹のお友達かしら――あら？」

春子はサタンを見て、驚いた顔をした。そして、笑みを浮かべる。

あれ、と夏樹たちが首をかしげるよりも早く、母はサタンに近付いた。

「太一郎くんじゃない！　どうしたの？　もしかして、夏樹のお知り合い？」

「は、春子しゃん」

一同は絶句した。

それもそのはず、春子はサタンと知り合いだった。

どのような関係はわからないが、ニコニコしている春子に対し、サタンは恥ずかしそうにもじもじしている。

「あー」

考えたくないが、いろいろ察した夏樹はなんとも言えない声を出す。

「夏樹には前に話したことあったわよね？」

「え？」

「お母さんが通っている社交ダンス教室でパートナーを組んでいる太一郎くんよ。情熱的なダンスを踊られる素敵な殿方なの！」

「は、春子しゃん。そんなに褒められると、僕、照れちゃいます」

（母親がサタンと知り合いとか、社交ダンスでパートナーとか、サタンが恋する中学生みたいな反応だし、春子しゃんとか照れてるし、いろいろツッコミどころが多すぎてどこからツッコんだらいいのかわからない！　あと、お母さんの人脈が怖い！）

混乱して目を白黒させる夏樹たちの中で、ひとり。小梅だけが、父親をゴミでも見るような目

で見て、呟いた。

「きんもー」

笑顔を浮かべる春子と、魔界のトップが好きな子を前に照れている中学生のようにもじもじしているある意味地獄のような光景に夏樹は眩暈がした。

「あ、あのさ、とりあえず……どうすればいいんだ、これ？」

場を収めようとした夏樹だったが、どうすれば収まるのかわからず頭を抱える。

「ねえ、夏樹。どうして太一郎くんがお家にいるのかしら？　お知り合いだったの？」

「あー、えっとね、サ……じゃなくて太一郎さんと、そちらの一心さんは小梅ちゃんのお父さんとお兄さんなんです」

「あらあら、まあまあ！　小梅ちゃんのお父様が太一郎くんなの？　それに息子さん？　もうっ、夏樹も皆さんが来ているって教えてくれたらいいのに。いつも通りの格好で、お母さん恥ずかしいわ」

「いいえ、春子しゃんはいつでも素敵です！」

「もうっ、太一郎くんったら、いつもお上手なんだからっ！」

サタンの賛辞の言葉に春子は嬉しそうにする。

明らかに母に好意を持っているサタンを見て、夏樹はげんなりした。

小梅など今にも吐き出しそうな顔をしている。

「そうだわ。せっかくだから、太一郎くんと一心さんもご飯食べていってね。あ、でもお肉が足りないわ。ちょっと、買ってくるわね」

「春子ママさん！　こんなおっさんにすき焼きなんて食わせんでええのじゃ！」

「おい、ルシフェル。これで、上等な肉を買ってこい」

懐から長財布を取り出して息子に投げる。

財布を受け取ったルシフェルは「はいはい」と立ち上がった。

「パパとご飯なんて久しぶりだから嬉しい！　お兄ちゃん、山のように高級お肉買ってきてね！」

「……小梅ちゃん、我が娘ながら現金な子」

「マイシスター……心のこもっていない声でもお兄ちゃんと呼んでもらえるだけで、私は幸せです」

高級な肉が山盛り食えるとわかった途端、小梅の態度がひっくり返った。

これには銀子も「……小梅さん、そりゃないっすよ」と顔を引き攣らせ、サタンとルシフェルも悲しげな顔をした。

ルシフェルが立ち上がったので、夏樹も続く。

「よかったら、俺も付き合いますよ」

「……助かります。お願いします」

買い物バッグを持って、「え？　私はここに置いてかれちゃうんすか？」と動揺を隠せずにいる銀子にごめんね、と目配せすると夏樹はそそくさと茶の間を出ていった。

玄関を出て、商店街に向かって歩く。

途中、すれ違う人々がルシフェルの美貌に目を奪われている。

自転車に乗った中高生は電柱にぶつかり、ジョギングの中の主婦が全速力で走り出した。

男性でも、びっくりするほどのイケメンが歩いている姿を目で追ってしまっていた。

「――由良夏樹くん」

「はい？」

ルシフェルは人間の視線が気にならないのか、それとも視線を向けられるのが日常茶飯事なのか平然としている。

「父が申し訳ございません。まさか夏樹くんのお母上に近付いていたとは……殺すことはできませんが、頑張って五〇年ほど封印しておきますね」

五〇年封印されていれば、母も歳を重ねているだろう。

もしかしたら天寿をまっとうしているかもしれない。

夏樹だって、その頃には老人といえる。

魔族の五〇年は短いかもしれないが、人間ならば半生以上だ。

「いえ、別に」

夏樹は苦笑した。ルシフェルは気を遣ってくれているようだが、夏樹は実を言うと母が幸せならそれでいい。

　一度は、異世界に召喚され二度と帰れないかもしれないと思った。何年も向こうで過ごしている間、母がどうしているのだろうとも考えていた。

　結果的に、召喚されたときと同じ時刻に戻ってこられたからよかったものの、そうでなかったらと思うとゾッとする。

　だからこそ、母には支えてくれる誰かが必要だ。

　それがサタンというのはいかがなものかと思うが、母がサタンを選ぶならそれでいいと思えるのだ。

「父を弁護するようなことをしたくはありませんが、下心はあっても、遊びや戯れで近付いているとは思いません。というか、あのように思春期の少年のようにモジモジする気持ちの悪い父を今まで見たことがありませんでした」

「……そうなんですか。それならいい、のかな？」

「どうでしょうね。小梅ちゃんは家族のことを言わないでしょうが、私たちは母親が違います。しかし、父は母たちと、その子どもの私たちにちゃんと愛情を持って接してくださいました。良き父かと問われると素直に是(ぜ)と言えませんが、悪い父でもありません」

「はい。小梅ちゃんもサタンさんを心から嫌がっていないみたいですし、親子仲に関しては疑いません」

「ありがとうございます」

「ただ。母がサタンさんと本気で一緒になりたいと思うならそれはそれで反対はしませんけど、祝福してもいいのかどうなのか困りますよね」

夏樹がそう苦笑いすると、ルシフェルも確かに、と肩をすくめた。


「マダム。こちらのお店で一番良いすき焼き用のお肉をすべてください。支払いは現金でお願いします」

「は、はい！　たっぷりおまけしておきますね！」

「ありがとうございます、マダム」

きらり、と歯を光らせてルシフェルが肉屋の奥様に微笑みかけると、瞳にハートマークを浮かべたまま、奥にある冷蔵庫の中に入っていった。

魔族の幹部だと知らなければ、ルシフェルもジャック同様に海外のイケメンでしかない。

地方都市の商店街では、まずお目にかかれないだろう。

好奇の視線、困惑、そして好意的な視線がルシフェルに集まっているのがわかる。

「おい、なっちゃん、なっちゃん」

「どうしたの、おじさん？」

顔馴染みの肉屋の店主が、並ぶ肉を眺めているルシフェルを見て夏樹に問う。

「あの俳優さんみたいなイケメン外国人はどこの誰だい？　最近、なっちゃんの家に美女とイケメンが暮らしているって噂で聞いていたんだがよ」

「あー。知り合った海外の方が、しばらく滞在することになったんですよ。みんな良い人ですから、心配しないでください。彼は、お客さんのお兄さんで、わざわざ挨拶にきてくれたんです」

「そういうことか。それで、すき焼きってことだな」

「そうなんです」

「春子ちゃんは昔から、良いことがあるとすき焼きだもんな。最近じゃスーパーができたっていうのに変わらず商店街を贔屓にしてくれて、ありがたいことだぜ」

少し記憶をほじくり返すと、以前、向島市にも大型スーパーが現れた。

商店街の危機だ、と騒いでいたが、意外とすみ分けはできているようだ。

しかし、肉や魚、野菜はスーパーのほうが安いこともあるので、商店街から少しずつ客が減っているのは確かだ。

由良家もスーパーにはいくが、商店街にある昔からのスーパーくらいだ。

母子ふたりだと、顔見知りの商店街で買い物をしたほうが気が楽だった。

「店主。こちらのコロッケとメンチをください」

「なっちゃんのお客さんなら、サービスしておくよ。ほら」

「──感謝します」

おまけで渡されたコロッケとメンチを受け取ると、驚いた顔をしたルシフェルだったが、深々と頭を下げる。

夏樹もしっかりもらっておいた。

「大袈裟な兄ちゃんだな」

夏樹はコロッケを、ルシフェルはコロッケとメンチを美味しそうに食べていると、冷蔵庫の中から肉の塊を抱えた奥さんが戻ってくる。

「一番いい肉は五キロしかないけど」

「構いません。父にはしらたきだけでいいしょう」

「いや、五キロも食うんかい！」

「食べないんですか？」

「食べるよ！　国産和牛万歳！」

サタンの財布から現金を数枚抜いて支払う。

受け取った肉はずっしり重かった。

かつて異世界で、食べたら生涯味を忘れられないと言われている魔牛の肉をゲットしたとき、目を血走らせて群がってきた人々の顔を思い出す。

異世界の食に興味がなかったので、禍々しい牛のモンスターを食べようなどとは思わなかったし、丸焼きにして食べはじめた異世界の人々にもちょっと引いた。

「それでは店主、マダム。ありがとうございました。さ、帰りましょう」

「うん。――え？」

肉屋のご夫婦に手を振ってから背を向けると、夏樹は唖然とした。

気付けば、八百屋、魚屋、パン屋、酒屋のご婦人たちや、買い物中の主婦たちの人だかりができている。

全員の視線が夏樹ではなく、ルシフェルに向いている。

「お兄さん、よかったこれを！」

「あ、すき焼きならこっちのネギがおすすめよ！」

「すき焼きなら日本酒よ！」

「すき焼きには関係ないけど、パンをサービスしちゃう！」

目をキラキラ輝かす奥様たちからたっぷりとサービスされたルシフェルは、笑顔でお礼を言うと、ひとりの奥様の手を取り口づけをする。

まるで映画のワンシーンのような出来事に「きゃー！」と黄色い悲鳴が響き、しばらくの間、商店街はかつてないほど活気付くのだった。

由良家の夕食は大賑わいだった。

サタンのお金で買ってきた国産和牛は絶品で、奪い合いが起きた。

特に小梅と銀子が唸り声を上げて取り合っている光景は、なかなかのものだった。

サタンも肉に手を伸ばそうとするが「しらたきでも食ってろ！」と小梅に山盛りのしらたきを取り皿に入れられ、ルシフェルも「ネギでも食ってろ！」と山盛りのネギを皿にぶちこまれて父子で悲しそうな顔をしていた。

見かねた夏樹が、勇者パワーで身体強化すると小梅と銀子が取り合っている肉を流れるように箸で掴む。そして、サタンとルシフェルのお皿に。「良い子だな」「良い子ですね」とふたりはにっこりだった。

その後、昼間酒屋で買ってきたらしいウイスキーを並べると、母が目を輝かせた。サタンは日本酒に目が釘付けだった。

酒盛りを始める一同の楽しい声を聴きながら、夏樹とルシフェルはエプロンを装備して後片付けをした。

夏樹は、明日から土日で学校も休みだが、大人たちのどんちゃん騒ぎに付き合うつもりはない。そもそもお酒が飲めないし、お酒の良さもわからない。

いい感じに酔っ払った銀子はサタンを相手に平気で話をしているし、小梅は新しいキャラクターが発動して意味がわからないことになっている。サタンは春子とお酒が飲めるのが嬉しいようで、にっこにっこだ。

「んじゃ、おやすみなさーい」

シャワーを浴びて、一足先にみんなに挨拶をして、部屋に戻る。

スマホを充電器に挿し、SNSのチェックをしようと思ったが、今日は精神的に疲れたので、夏樹はすぐに眠ってしまった。

「なぜ勇者は魔王を倒さなかったのだ⁉」

「散々いい思いをさせてやったというのに！」

「どうする⁉ 魔王が存命で、四天王も健在だ！ なぜ勇者は奴らを殺さなかったのだ！」

「また勇者を召喚すればいい！」

「しかし！ 前回は聖剣が使い手を選ぶために儀式を手助けしたようですが、今回は聖剣すらない！ あの勇者と一緒に消えてしまったではありませんか！」

「ならば生贄(いけにえ)を用意すればいい。文献によれば、生贄を捧げれば勇者を召喚できるとあるではないか」

「馬鹿者！　ゴミのような民を何人犠牲にしたところで我らひとりとは釣り合わん！」

「よい生贄がいるではないか。勇者の子供を身籠ったなどと愚かな嘘をつき、父親の友人でもある世帯持ちの子を孕(はら)んでいた尻の軽い姫君が！」

「おおっ、それは名案だ！　あのような汚らわしい女でも、使いようはあるということか。ついでに、玉座から引きずり下ろされた無能な男と、その妻、ほかの子供たちも生贄にしてしまえばいい！」

「素晴らしい考えだ！　今度こそ、魔王を殺し、人間の繁栄を！」

夢なのか、それとも異世界を本当に見ているのかわからない。

見知った顔が唾を飛ばし、醜い言葉を吐き出している。

――あまりにも悍(おぞ)ましい。

夏樹は吐き気を覚えた。

異世界の人間たちがどうなろうと知ったことではない。

異世界の魔族がどうなろうと知ったことではない。

「――滅びるまで勝手にやってろ」

異世界ではついに伝えることができなかった言葉を、届かないとわかっていても吐き出さずにはいられなかった。

「――あまりそちらに近付かないほうがいいでしょう」

「え？」

どこか優しい声が響くと、醜い言い争いをしている人間たちが消えて真っ暗な空間になる。

夏樹は、自分の姿を認識することができ、立っていることを自覚した。

「君が召喚された異世界は、こちらの世界とはまったく縁のない世界です。別の時空、それとも別の宇宙というべきでしょうか。適切な言葉が見つかりません。ただ、先生としては、せっかく戻って来られたのですから関わらないのが一番です、と助言させてください」

穏やかで聞き覚えのある声の主を探すと、いた。

夏樹はその人物を見つけて、驚き目を丸くする。

夢の続きを見ているのだと思ったが、違うとなんなくわかる。

「月読先生……これ、なんですか？」

放課後の職員室で言葉を交わしたときと変わらぬスーツ姿の月読命(つくよみのみこと)に、夏樹は戸惑いながら尋ねた。

「こんばんは。由良くん。いい夜ですね」

「いい夜かなぁ？　最悪の夢を見たんですけど」

「いいえ、あれは現実に異世界で起きていることです。まだ由良くんと異世界のつながりが完全に断たれていないので、夢という形で見てしまったようですね」

真っ白な髪に丸眼鏡をかけた自称四〇代だが、外見は三〇歳ほどの男性。

日本史の教師であり、生徒からの信頼は厚く、教員たちからも頼りにされている、学園にとって縁の下の力持ちと言える先生だ。

（な－んで、俺の夢に先生が出てくるっていうか、干渉してきたんだろうか？　というか、これ、起きたときちゃんと一日の疲れって取れるの？）

ニコニコしながら月読が夏樹に近付くと、埃でも払うように肩や、頭、腕を払った。

「これでよし。もう向こうの世界を覗き込むことにはならないでしょう」

「本当ですか？」

「はい。私のほうでつながりは切っておきましたので、ご安心を」

さらりととんでもないことを言われた気がした。

まだ異世界と縁が切れていなかったのも驚きだが、何気ない動作でその縁を切ってしまった月読にも驚きだ。

（なぜ、今日会ったときに気付かなかったんだろう？　この人、神様だ）

だが、神の正体まではわからない。

日本だけでも多くの神がいる。初詣とお祭り以外で神社に行ったことがない夏樹には、神の名前なんてパッと思いつかない。

海外の神や魔族など尚更だ。

ルシファー一家のように、わかりやすければいいのだが、月読の正体にはまるで心当たりがなかった。

「しかし、まさか由良くんが異世界に勇者として召喚されてしまうとは思いませんでした。無事に帰ってきてくれたことはとても喜ばしいのですが、本来人が持つべきではない力を抱えてしまっているようですね。残念ですが、その力にまで干渉はできません。教師として、君が力を正しく使ってくれることを祈るばかりです」

「……俺が異世界に行ったことを知っているんですか？」

「はい。学校にいましたから、あれだけ近い距離で——たとえこちらの世界では一瞬の出来事だったとしても、気付きます。でも、安心してくださいね。気付いている神々なんてあまりいません。私も近くにいたからこそ気付けたのです。しかし——大変だったようですね」

月読は同情の目を夏樹に向けた。その瞳の奥では、怒りのような感情が込められているようにも見える。

「異世界召喚は時々あります。基本的に世界間の干渉は禁止なのですが、それはあくまでも地球をはじめとする複数の世界のお話です。ですが、君が召喚された世界は我々とは管轄がまるで違う異世界……ある意味本当の意味で異世界です」

「あの、よくわからないんですけど」

「わからなくて構いません。要するに、父やゴッドをはじめ、上の神々でさえ認知していない世界に飛ばされてしまったのだということですが、まあ、別に気にすることではありません」

「いいんですか？」

「構いません。こちらから関わるつもりはありません。もちろん、弟などの耳に入れば戦争だと騒ぐでしょうが、君のような被害者には申し訳ありませんが、大きな犠牲よりも小さな犠牲を選択します」

「はぁ。別に俺は帰って来られたんで気にしなくていいですよ」

「神として申し訳なく思います」

月読の言っていることはほとんどわからなかった。

とりあえず父と弟がいる神であることはわかった。

「月読先生には迷惑かけましたから、気にしないでください」

夏樹がそう言うと、月読の顔は青くなり、ひどく疲れた顔をした。

「本当に大変でした。松島明日香さんはもともと問題がある子でしたが、まさか体育館の空き部屋であのようなことをしているとは……」

「あの後どうなりましたか？」

「権藤先生と私で確認にいきましたが、由良くんの言うようにバスケ部男子たちとお楽しみでした。男子たちは私たちに驚き逃げ出そうとしましたが、松島さんはあろうことか……先生たちも一緒にどうですか、などと言いだす始末で……」

「うわぁ」

「先月結婚したばかりの権藤先生は誰かに誤解されたらたまったものではないと大激怒です。親御さん、全員集合となりました」

はぁ、と月読が嘆息する。

権藤先生が結婚したことは知らないが、明日香の余計な一言で権藤や月読があらぬ誤解を受けても困ることは十分に理解できる。

人として、教師として万が一誤解などされたら人生が終わるだろう。

(にしても、あの女もすごいなぁ。先生に見つかってきゃーとかじゃなくて、一緒にどうですかって、もう強者じゃん。勇者もびっくり!)

現場を想像すると、異世界の光景とは違った意味で吐き気を催しそうだったのでやめておいた。

「それで、あの、そいつらの処分はどうなるんですか?」

「バスケ部は廃部です」

「うわぉ」

「表沙汰(おもてざた)になる可能性も十分にあり得るので、厳しい対応を取ることとなりました。権藤先生は顧問がなくなったので早く帰れると喜んでいましたね。もちろん、気付かなかった権藤先生にも問題あり、という声がほかならぬ権藤先生本人から出ていましたが、その辺りは大人だけで話をつけるつもりです」

関わっていなかった生徒たちはいい迷惑だろうが、団体競技なので連帯責任を取ってもらうしかない。

バスケ部の生徒が学校で居場所をなくそうと、陰口を叩かれようと、夏樹の知ったことではない。

「生徒たちの中には転校する子も出てくるでしょう。もちろん、そんな簡単にできるものではありませんが……」

聞けば、高校のバスケ部に誘われていた生徒や、バスケ推薦を目指していた生徒もいたようだ。間違いなく話はなくなるだろう。

「松島明日香さんですが、ご両親がひどくお怒りになりました」

「でしょうね！」

「まだ本決定ではありませんが、ご両親の意向で父方の実家に引っ越し、近くにある全寮制の女子校に転校させたいと言っていました」

「よっしゃ！」

「……由良くん」

「あ、ごめんなさい。でもね、あいつうざくてうざくて！」

「松島さんは、転校の話がどうなるかまだ正式に決まったわけではないですが、家から出さないようです。学校側としても、一週間の停学処分を出しました」

少なくとも一週間は、うまくいけばその後ももう明日香に悩まされることはないことに夏樹は安堵した。

問題がひとつ解決すると、次に気になることを聞いてみたくなる。

「あの、月読先生」

「なんでしょうか？」

「先生って神様ですよね？　お名前を聞いてもいいんですか？」

「――え？」

「え？」

笑顔を浮かべていた月読が硬直してしまったので、夏樹は首をかしげた。

正体を聞いてはいけなかったのだろうか、と少し不安になる。

「……これは、名乗らずに申し訳ありませんでした。いえ、私の名前がそのまま神としての名前なのですが、まさか気付いてもらえないとは。最近はネットも普及したので名を認知されていると思っていましたが、自惚れていたようですね」

悲しげにそう言った月読から、とんでもない神気が放たれた。

「うぉ!?」

サタンの力は巧妙に隠してあったので上辺しか感じられなかったが、異世界から帰還してからサタンを抜いて最も力がある存在と出会ったと思う。

「――では、改めて自己紹介を。私は月読命。日本を代表する、マイナー神です！」

「ご自分でマイナー神って言っちゃった！」

「もう私のウリですから。ところで、私のことをわかっていただけましたか？」

実を言うと、あれだけしっかり名乗ってもらいながら、夏樹はまだわかっていなかった。

普段の名前と神の名前が一緒じゃん、とか思ってしまう。

うーん、と考える夏樹に、月読は肩を落として説明を続けた。

「伊邪那岐命（いのいざなぎのみこと）に生み出された月を神格化した神――月読命です。姉は天照大神（あまてらすおおみかみ）、弟は素盞嗚尊（すさのおのみこと）です」

「あー！　あー！　あー！」

「ようやくわかってくれましたか」

「確かにマイナーっていうか、姉と弟が無駄に目立っているから、なんていうか」

「自分でもわかっているので、もういいです」

月読命といえば、天照大神、素盞嗚尊と三貴子（みはしらのうずのみこ）とされる神だ。

天照大神が太陽神、素盞嗚尊が海原の神、月読命が夜を統べる月神である。

ビッグネームもビッグネームだが、天照大神と素盞嗚尊のせいでちょっと思い出すのに時間がかかってしまった。

サタンとルシフェルと少し前に邂逅（かいこう）していたのも悪い。

「……なんでこーんな田舎で先生やっているんですか？」

「神だって、先生になりたいときがあるんです」

「そんなもんですか」

「ええ、そんなものです」

なんとなく月読の名を思い出せなかったせいか気まずさを覚えてしまう。

夏樹は話題を変えるように咳払いをした。

「さっきはありがとうございます。もう向こうの世界はこりごりなので」

「いえ、弟があなたに迷惑をかけましたので、このくらいはどうってことありません」

「弟さんって、素戔嗚尊さんですよね？　俺、面識ありませんでしたけど」

まさか、月読のように気付かずに会っていないよね、と不安になる。

月読は夏樹の心中を読んだように、苦笑してから「直接の面識はないはずですよ」と言ってくれた。

少しだけホッとする。

「実を言うと、現在『院』のトップは素戔嗚尊です」

「えー？」

「本来は、人間への過度な干渉は駄目なのですが、あの愚弟は少し煽(おだ)てられると気を良くして『院』のトップになってしまったんです」

「あれ？　それでも、別に迷惑をかけられた覚えはないですけど？」

「――三原優斗くんです。彼が強い潜在能力を持ち、そこから漏れる力で限定的ではありましたが魅了を行っていました。校内では、影響がないようにしていたのですが、力を隠蔽している私ではすべてを無効化できずにいました。すみません」

「そこですかー。いえいえ、別にあれがどうなろうといいんで」

「いえ、力を封じるように下に命じろと私は言ったのですが、愚弟は基本的に戦う力に重きを置いていています。本人の言葉を借りると、魅了なんてつまんねえ力を持つ奴も、そんな力に引っかかる奴も放っておけ、だそうです。そのせいで、君も苦労したでしょう。改めて、お詫びします」

（素盞鳴尊に詳しいわけじゃないけど、なんとなく言いそー！）

とはいえ、もう力を封じたし問題解決だ。

あとは、優斗が今までのしっぺ返しを食らうのか、それとも平然としていられるのか、彼次第だろう。

「私自身も、教師の範疇（はんちゅう）でしか人と関わっていませんので、力になれなくてすみませんでした」

「いえ、もう謝罪はいいんです。ただ、ひとつだけ教えてほしいんですが」

「なんでしょうか？」

「松島明日香って優斗の影響のせいであんななんですか？　それとも元からですか？」

「――残念ですが、元からです」

「うわぁ」

夏樹がなんとも言えない顔をすると、月読も苦笑した。

神として人と関わらないというスタンスは構わない。だが、ひとつだけ不思議なことがある。

「あ、もうひとついいですか？」

「もちろんです」

「じゃあ、なんで、今回は俺を助けてくれたんですか？」

「ははは。面白いことを言いますね。もう君はこちら側にズブズブじゃないですか」

「……わかっていたけど、神様にそう言われるとちょっと落ち込んじゃうかも」

異世界からはじまり、ルシファー、グレイ、ルシフェル、サタンと出会って、ここで月読だ。下手な霊能力者よりきっとズブズブなんだろう。

「お休みのところ、申し訳ありませんでした。私はそろそろ帰りますね。土日はゆっくり休んでください」

「ありがとうございます」

「あ、そうです。ついでにひとつだけ。土地神みずちの魂はちゃんと回収されました。きっといつか生まれ変われるでしょう」

「――水無月家の人たちに伝えていいですか？」

「もちろんです。ただし、私のことは内密にお願いしますね」

「はい！」

「そして、新しい土地神ですが」

「知っているんですか？」

にこり、と月読が微笑んだ。

「私の姉、天照大神が赴任しますのでよろしくお願いしますね」

「だーかーらー！　ビッグネーム！　もっと下から順序よく来て！」


由良夏樹の家の前に立っていた月読命は、生徒が今度こそ静かな眠りについたことを確認して背を向けた。

しばらく夜風に当たりながら歩くと、前方から見知った顔を見つけ挨拶をした。

「こんばんは。ルシフェル殿」

「こんばんは。月読命殿」

深夜の道路を歩くのは、エコバッグを持ったルシフェルだった。

「お使いですか？」

「父に命じられてビールを買いにスーパーまで。日本のスーパーは素晴らしい」

「お互い父親には苦労させられますね」

「違いない」

月読とルシフェルは苦笑した。

どちらも父親には振り回されてばかりだ。

息子として通じるものがあるのだろう。

「せっかく会ったのだ、少し話さないかな、月読殿」

「構いませんよ」

ガードレールに寄りかかったルシフェルは、ビールを一本月読に差し出す。「ありがとうございます」と微笑み、月読は受け取った。

ふたりはプルタブを開けると、乾杯し、缶ビールに口をつける。

少しの静寂のあと、ルシフェルが口を開いた。

「奴らの痕跡に気付いているか？」

「もちろんです」

「対処は？」

「現在は見守っています」

「日本の神らしい台詞(せりふ)だ」

「弟は戦う気満々ですが、いたずらに向こうを刺激する必要もないでしょう。無視する、ということも時には相手にダメージを与えることができるものです」

「一部の魔族は、奴らに付くらしいぞ」

「そちらの対処は？」

「サタン様は放っておけという。私としては、殺したい」

「サタン様は本当に魔族らしい。囚われない、自由な方です。神々ではそうはいきません」

「ふん。飄々とした神がよく言う」

ルシフェルはビールを飲み干し、鼻を鳴らす。

「彼らとの共存は可能でしょうか？」

「あり得ないだろう。我らがよくても、向こうが拒んでいる」

「……そちら側も同じでしたか。せめて対話だけでも、と思ったのですが、彼らの考えは変わらず――私たちを排除ですからね」

「名もない生まれたばかりの神や魔族風情が……」

「その生まれたての神や魔族に、すでに我々はやられているのですよ」

「ふん。神だろうと魔族だろうと、弱ければ負ける。自然の摂理だ」

「しかし、奪われなくてもいい命が奪われるのはどうかと思います」

「なら、手をつないで仲良くしてみろ。それができないのなら、殺し合うだけだ。我々はずっとそうやって生きてきた」

「ええ。だからこそ、その生き方を変えたい」

「甘い。いや、強さ故の傲慢か。月読命殿、あなたは私よりも傲慢だ」

「褒め言葉として受け取っておきましょう」

月読もビールを飲み干し、ルシフェルに「ご馳走様でした」と微笑む。

「生徒の中に、神の恩恵を持った者がいます。幸い、力は厳重に封じられていますが、もしかしたら接触があるかもしれません」

「わかっていて泳がせているだろう？」

「残念ですが、無意識とはいえ力を悪用していましたので、餌にさせてもらいました」

「教師が聞いて呆れる」

「耳が痛いです。しかし、私が教師としてここにいるのは、愛の神から力を授けられた人間に再び接触するのを待つためですので」

月読やルシフェルと敵対している神が何年か前に、とある少年と接触していることは把握している。

「私はこの街でのんびり釣りをすることにしましょう」

「ひどい神だ」

「自覚はありますよ。ですが、ちょうど良くこの街には彼がいます」

「……由良夏樹君ですね」

「彼は特別です。何かを惹きつける」

「彼を利用するのは許さないと言っておきましょう」

「利用でありません。いつの時代でも勇者には試練が与えられるのですから」

ルシフェルが月読を睨む。

「結果、その試練を由良夏樹君が乗り越えられなかったらどうする？」

「その時は、私の責任でもあるので死んで償いましょう」

「ならば、そのときは私が喜んで殺してやろう」

「期待していますよ、ルシフェル――いえ、一心（ぴゅあ）くん」

「私の名を気安く呼ぶな、月読命」

「ふふふ」

にこにこと微笑む月読命に、ルシフェルは舌打ちすると、彼に背を向けて歩き出す。

「ルシフェル殿」

「なんだ？」

「私は、この国を、この街を、住まう人々を愛しています」

「それで？」

「ですが、由良夏樹君には、期待もしているのです。我々のような存在ではできない何かを、彼ならできるのだと」

「ふん。せいぜい見守っていろ。サタン様のお気に入りの子だ。万が一があれば、恐ろしいことになるぞ」

「肝に銘じておきましょう」

月読も、ルシフェルに背を向け歩き出す。

ルシフェルも、来たときと変わらず由良家に向かって歩き出した。


そんなふたりが感知できるギリギリの範囲外で、見ていた存在がいた。

ビルの上に腰掛けた、まだ一〇代前半の少女だ。

「あはははははは！　私のおもちゃが壊れちゃったのかな？　壊れちゃうのかな？　それとも――？」

少女は、神だった。

しかし、神としての名はない。

神話に出てくることもなければ、何かを成し遂げた英雄でもない。

だからといって、神界に住まう住人でもない。

少女は――現代が産んだ、新しい神だった。

彼女は楽しそうに笑う。

旧い神々を徹底的にすり潰し、駆逐し、新しい神話を作るのだ。

そのために、仲間を増やし、駒を増やし、毎日が楽しかった。

少女は愛を司る女神。

幼少期の三原優斗に勇者の力を授けた張本人だった。


「ふぁ……夢の中でも疲れた」

眠りから覚めた夏樹は、ベッドから起き上がると、うーん、と身体を伸ばした。

昨日はルシフェルとサタンが登場し、まさかのすき焼きパーティーだった。

未成年なので酒盛りには参加せず眠りについたのだが、夢の中で異世界の現状を見たり、月読先生が登場し月読命であることが判明したりするなど、寝ていても疲れる日だった。

ジャージとロンT姿のまま部屋から出て茶の間に向かう。

「酒臭っ！」

ビールをはじめ、さまざまな酒の匂いがして、夏樹は顔をしかめた。

丸テーブルの上には、ビールの缶や瓶が複数転がっている。どこからか追加で買ってきたのだろう、一升瓶まである。

母は楽しかったのか、座布団を枕にしてにこやかに寝息を立てている。

小梅は一升瓶を抱えてぐーごーと腹を出していびきをかいている。ルシフェルは茶箪笥に背を預けているが、缶ビールを握ったまま寝ていた。

銀子に至ってはジャージだからいいが大股びらきで大の字になって転がっている。しかも、テーブルに突っ伏して寝息を立てるサタンの頭に、足を乗せていた。

異世界帰りの勇者でもできないことを平然となのか、偶然なのかやってのけている銀子にただただ驚くしかない。

「ようやく起きたか？　もう八時半だぞ。朝食を用意してあるから、さっさと顔を洗って歯を磨いてこい」

「はーい」

ブロンドの髪を結った青年が、新婚の奥様が装備するようなフリルのあしらわれたエプロンを身に着けて、フライパンや食器を洗っていた。

どうやら母たちが飲んだ後片付けをしてくれているようだ。

青年に感謝しながら、顔を洗い、歯を磨く。寝癖を水で直して台所に戻ると、青年がご飯と味噌汁、だし巻き卵、ほうれん草とベーコンの炒め物、納豆を用意してくれてあった。

「ほら、早く座れ。食べよう」

「うん。じゃあ、いただきます」

「いただきます――うまっ！」

まず口に含んだ味噌汁は、出汁と味噌の調和が素晴らしく、食事の邪魔にならないが、かといって主張がないわけではない。

つやつやに炊かれた白米と味噌汁だけで、食事が進むほど美味しかった。

さらに、丁寧に厚く巻かれただし巻き卵はまるでプロが作ったのではないかと思えるほどきれいに形作られている。無論、味も絶品だ。味噌汁とはまた違う出汁の使い方と、少し砂糖が入っているところがいい。

ほうれん草とベーコンの炒め物は、油を引かず、ベーコンの油とバターを使い炒めたのだろう。あっさり塩胡椒と思いきや、ブラックペッパーが少し効いていて美味しい。

納豆はスーパーで買ってきたもののようだが、ちゃんとネギを刻んであったのが嬉しかった。

「なかなかの出来だな」

「いやいや、美味いよ！　お母さんのご飯も美味しいけど、めっちゃ美味いって」

「よせよ、そんなに褒められてもなんもないぞ」

絶賛する夏樹に、青年は少し照れたように笑った。

あっという間に食事を平らげた夏樹に、青年は何も言わずにおかわりをくれる。

育ち盛りの夏樹は、あっという間に二杯目も食べ終えた。

「ごちそうさまでした！」

「おう。お粗末さまでした」

（ふう。土曜日の朝からしっかりご飯を食べたのは久しぶりだな。いつもは金曜の夜の残り物や、パンを簡単に食べていたから。いやー、それにしてもうまかった。さてと）

食器を下げて洗い物に戻った青年の背中を眺めながら、そろそろ現実に戻る時がきた。

「――ところで、どちらさまですか⁉」

夏樹の問いかけに、青年はエプロンを装備したまま泡だったスポンジと茶碗を握り振り返る。

「しっかり飯を食ったから俺のことを知っているのかと思っていたぞ。その胆力、気に入ったぜ。ならば、名乗ろう。俺は大天使ミカエルの長男アルフォンス・ミカエル。ＳＮＳでお料理系女神を自称している北欧の神ノルン三姉妹をお料理三番勝負で下した、天使最強主夫だ！」

「まーたビッグネームのご家族が……あと主夫を名乗っちゃったよ？　どうするのこの人？　俺が収拾つけんの？」

「何をぶつくさ言っている？」

「あの、まずひとつずつ疑問を解決してほしんですけど」

「なんだ？」

「なんでミカエルさん家のアルフォンスさんがうちに？」

ミカエルの息子が料理が得意だっていい。

料理をするのは男女変わらない。好きな人がすればいいのだから。

しかし、なぜ由良家の食卓で飯を作っていたのか、が疑問なのだ。

「そこからだったな。俺は――小梅の婚約者候補だ。おっと誤解するなよ。あくまでも候補だ。候補ったら候補だ。とても候補だ。わかったな?」

「……めちゃくちゃ候補を主張するね?」

「……わかるか?」

「そりゃわかるよ!」

小梅の婚約者候補を名乗ったアルフォンスに、夏樹は警戒しようとしたのだが。やたらに候補であることを主張するので訳ありなのではないかなと思ってしまった。

ルシフェルからも、今後小梅の婚約者候補が現れると聞いていたが、アルフォンスからは敵意が感じられない。巧妙に隠している可能性があるが、だとしても自分を含めルシフェルやサタンがいる場に訪れて問題なく振る舞うことができるのだ。話くらいは聞いてみようと思える。

「よければ、俺の話を聞いてくれ」

「あ、うん。どうぞ」

慣れた手つきで急須から飲み頃のお茶を湯呑みに注ぐと、夏樹と自分の前に置いたアルフォンスが語りはじめた。

「――実は、好きな人がいるんだ」

「……えっと、頑張ってね?」

「違う。応援してほしいわけじゃない。すでに相思相愛だ」

おや、と夏樹は考える。

相思相愛の人もしくは神がいるのなら、小梅の婚約者として現れた理由がわからないのだ。

「ミカエル家とルシファー家は親戚だ」

「親戚とか言っちゃったよ」

「俺の父ミカエルは神界の幹部で、ルシファー家の太一郎さんは魔族のトップだ」

「サタンじゃなくて太一郎呼びなんだね」

「そんな家と家だが、古くから続く由緒正しい旧家だ。そこで、ガブリエル家をはじめとした各一族で話をした結果、ルシファー家が落ちぶれていくのをよしとせず俺がルシファー家の誰かと結婚することとなった」

「へぇ」

「それが紀元前の話だ」

「かなり前だね! 二〇〇〇年以上何やってたんだよ!」

スケールが神々だ。いや、彼らの場合は天使か。

「ルシファー家には長男の一心と次男の三郎」

「次男なのに三郎とか! どうせゴッドなんだろうけど、ネーミングセンスに悪意があるな!」

「長女の花子と次女の小梅だ」

「花子って……絶対、ゴッドが最後に面倒になって適当に付けただろ！　力尽きただろ！」

なんだかんだ言って小梅が一番ちゃんとした名前だったようだ。

花子も三郎も決して悪い名前じゃないが、ゴッドの名付け方に悪意しか感じない。

「長男と次男は論外だが、長女の花子もとんでもない奴でな。行き遅れで焦っているせいか、婚活をはじめやがった。ほら、よくテレビで見るだろ。無茶な条件を言う人」

「あー」

「というか、神界に結婚相談所がないから自分で作りやがったんだ！　やりたい放題しているぞ！」

「うー」

「花子との結婚の話も出たんだが、年収一〇〇〇万を求められてな……俺、働いてないんだよ。無職なんだよ。ずっと修行していたんだよ」

「うわぉ」

「だからこそ、小梅が結婚するなら一番マシだと思っていたんだが、あの有様だ」

茶の間でひっくり返っている小梅をアルフォンスがあごで指す。

一升瓶を抱えて豪快にいびきをかく姿は、人によっては嫌だろう。夏樹的には豪快でよし、だ。

「昔はお淑やかな子だったんだが、ある日あんなになっちまってな。久しぶりに見たが、夫婦としてやっていける自信がない。というか、俺は相思相愛の女神様がいるんだよぉ」

「で、俺にどうしろと？」

「俺をさくっとぶっ飛ばしてくれ」

「それはいいけど」

「お前……話が早いな。ありがたい。一応、父には俺が小梅との結婚にノリノリだ、っていう体はとってある。女神との関係がバレたらまずいからな」

「素直に話して許してもらうっていうのは駄目なの？」

「父はいいんだよ。あまり結婚に関して気にしていないっていうか、反対している感じだ。だがな、ガブリエル様方が許してくれるか……俺もお前と小梅みたいにほっぺを合わせた写真をＳＮＳにアップしたい」

（神界もいろいろあるんだなぁ。厄介ごとに関わるつもりはないんだけど、小梅ちゃんのことなら一肌脱ぎますか）

「いいよ。じゃあ、軽くボコるから表行こうか！」

「――待て、待て待て。そんな輝く笑顔で怖い！　ぶっ飛ばしたってことにしてくれていいんだぜ」

「遠慮しなくていいよ。朝ご飯のお礼に、ごりっとぶん殴るね！」

にっこり笑顔で拳を握り、魔力をバチバチさせる夏樹にアルフォンスが引き攣った顔をした。

きっと頼む相手を間違えた、と思っているのかもしれない。

そんなときだった。

むくり、と起き上がった小梅が、くわっ、と目を見開き叫んだ。

「結婚する気なんぞまるでないが、なんか振られたみたいでムカつくんじゃがあああああああああああああああああ！」

「うぉ！　結界張っておいたのに、聞いていたのかよ。ま、まさか俺の好きな人の話まで？　て、照れるじゃねえか」

「この俺様よりも美人がどこにおるんじゃぁああああああああああああ！」

激昂する小梅が一升瓶を投げた。

瓶がアルフォンスに直撃し、砕けた。

しかし、破片はきれいに宙に浮いたままである。おそらくアルフォンスが制御しているのだろう。

「ぐへっ、また、負けてしまった。これでは、小梅にはふさわしくない……がくっ」

これ幸いと小芝居を打ってアルフォンスは、小梅の婚約者候補から脱落したのだった。

――神域。

それは神の領域である。

神社の境内であったりする場合もあるが、時には神が一時的に創った空間などもある。

その日、神域のとある空間に、日本神話のグランドマザー伊邪那美命（いざなみのみこと）が割烹着（かっぽうぎ）姿でゴミ袋を片手に現れた。

「こらっ、天照！　お前、こんなに部屋を汚くして。あたしゃ言ったよね。毎日掃除をしろとは言わないけど、一週間に一回くらいゴミを片付けて掃除機をかけるとか、布団を干すとかしなさいって」

「ちょ、私の神域に勝手に入ってこないでよ……ママ」

神域と聞くと、神々しい空間を想像するかもしれないが、神域の主――天照大神の場合は、六畳間の部屋だった。

ガスコンロを置いた小さな台所に、スナック菓子の袋が山積みとなったテーブル。部屋の中心には布団が敷かれているが、その周囲を大量のペットボトル、酒瓶、缶、カップラーメンの器がこれでもかと置かれている。

「神域じゃなけりゃ虫が湧いているだろうね。まったく、神域なのに臭いとか一体どんな生活しているんだい。というか、あんた風呂入っているんだろうね？」

「……一年前に入りました」

「はぁ。あんたも昔は頑張っていたのは知っているんだけどね。一度引きこもったと思ったら、引きこもり癖がついちまって困ったもんだい。しっかり者の月読はともかく、あの素戔嗚でさえ働いているのにお前ときたら」

「さーせん。でも、一度、引きこもりを覚えるとなかなか外に出られなくて。最近はネットゲームが楽しくて！」

伊邪那美命に叱られる天照は、よれよれのスウェットに身を包み、髪もボサボサだ。

顔立ちはいいのだろうが、分厚いレンズの眼鏡をしているせいか、美しさも半減している。

「ジジィと話をしたんだけどね。祭事にはちゃんと出席しているから大目に見ていたけど、さすがに限度があるからね」

「ママ？」

「あんたには土地神業をしてもらう」

「――――は？」

「この間、とある土地神が亡くなってね。空きができたんで、お前が後任になるって土地を管理している人間にジジィから連絡させておいたから」

「……あの、私、太陽神なんですけど？」

「神域に引きこもっている太陽なんて知らないね！　いいからさっさと行きな！　さもなきゃぶっ飛ばすよ！　ほら、早く、そのピコピコ片付けて」

そう言うと伊邪那美命はテキパキと神域の掃除を始めてしまう。

天照は、母には逆らえないので渋々従う。

ゲームをセーブして、電源を切ると、自分の空間にしまう。ついでに、本棚、テレビも収納した。

「ほら、支度できたならさっさと行く！」

「は、はい」

慌てて神域から出ていく天照を見送ると、伊邪那美命は盛大にため息をついた。

「まったくカップ麺ばかりで料理のひとつも覚えやしない。櫛名田比売はよくできた子だっていうのに、まったく」

愚痴を言いながら片付けをしていた伊邪那美命は、ふと、思い出す。

「しまった。よれよれのスウェット姿で行かせちまった。いや、あの子も仮にも女神だ。水無月家に挨拶するときはちゃんとした服に着替えているさ」

伊邪那美命の心配通り、天照大神はスウェット姿のまま水無月家に降臨してしまうのだが、それはまた別のお話。

こうして天照大神の土地神業務が始まった。

第三章　さらなるビッグネームじゃね？

「じゃあ、お母さん、お友達のところ行ってくるわね。買い物してから帰ってくるから、お昼はみんなで食べててね」

「はーい。行ってらっしゃい」

「春子さん、お留守は僕に任せてください！」

「いや、帰ってよ」

アルフォンスが朝食代わりに作ってくれたスムージーを豪快に一気飲みした春子は、約束があったことを思い出し、身支度を整えると慌てて出かけていった。

春子を玄関で見送るのは夏樹と、サタンだった。

「あのさ」

「何かな、息子よ」

「さすがにぶっ殺したくなってきたぞー」

「サタンを前にビビらずそんなことが言える人間も少ないんだがな。まあいいさ。少し真面目な話をするか」

夏樹が頷くと、茶の間に戻ろうとしたサタンが足を止める。

茶の間では「味噌汁が薄いんじゃ！」とお怒りになられている小梅と、「しっかり出汁をとっているからそれでいいんだよ！」と睨み合うアルフォンスの声が聞こえてくる。

あまり真面目な話をする空気ではない。

「お前さんの部屋に行くか」

「……だね」

仕方がなく、夏樹の部屋に移動する。

部屋に入ると、まずサタンはベッドの下を覗いた。

「エロ本なんてねーから！　小梅ちゃんと銀子さんと同じことすんなよ！」

「すまん、すまん。男の子の部屋に来ると、つい、な。うちの長男も次男もそっち方面にあまり興味がないみたいでな。親としてはつまらん。まあ、次男のベッドの下から解体新書が出てきたときには焦ったが」

「なんで解体新書？」

「その辺は話すと長いからまたの機会にしようぜ。さてと、由良夏樹。夏樹と呼ばせてもらおう。俺のことはサタンと呼んでくれて構わないぜ」

「わかったよ。太一郎さん」

「……おい」

「冗談冗談。いいじゃない、太一郎っていい名前だと思うよ？」

「それはそれ、これはこれ、だ」

はぁ、とため息をつかれてしまう。

サタン的に、夏樹のように気さくに接してくるような人間はあまりいないのだろう。少しペースを崩されているような感じだった。

「とりあえず、小梅の話だ」

「うん」

「アルフォンス・ミカエルは負けたってことで婚約者候補から外す。俺とルシフェルの目の前で敗北したといえば、まず文句は言わせねえ。小梅を特別可愛がっているガブリエルあたりは文句を言うだろうが、それはお前には関係ないから気にするな」

「オッケー」

「……ノリが軽いな。おじさん、ちょっと若者のノリについていけないかもしれん。お前さん、俺が怖くないのか？」

「うーん。小梅ちゃんのお父さんだし？」

夏樹よりもサタンのほうが強い。

それは間違いない。

もちろん、サタンの本当の意味での力は不明であるし、夏樹もすべての力を出しているわけではない。特に、まだ中学生の夏樹は身体への負荷を最低限にするためにいくつかの制限をかけている。

仮に全力を出せたとしてもきっとサタンには勝てないだろうと思うが、戦う前から負けた気になるのもちょっと悔しい。

だが、サタンが強かろうと小梅の父親であることは変わらない。

ならば、怖がる必要はない。

「ふ、ふ、ふはははははは。いいぞ。春子さんの息子だからではなく、ひとりの男として由良夏樹。お前のことが気に入った。お前が死ぬとき、俺が直々に迎えにきてやろう。そして、魔族に転化させ、俺の傍で働かせてやる」

とても良い笑顔をサタンは夏樹に向けた。

「死んでまで働きたくないなー」

「それは社会に出てから言え。夏樹がその力を持って社会にちゃんと出ることができるのか不安はあるが、数年先のことを考えても仕方がないだろうさ」

「その内、力も制御するから平気ですよー」

「ならいいさ。それで、小梅の話に戻るがな。神界はアルフォンスが最大の結婚相手だったから、当面は問題ない。だが、面倒臭えのが魔族だ」

ベッドに腰掛けるサタンは、後退気味の額を撫でる。

「小梅は天使だが、魔王の娘だ。嫁にして力を得ようとする奴もいるし、俺への人質にしようとする奴だっているだろう。まあ、その辺はいいさ」

「いいんだ！」

「いいんだよ！　俺が一番懸念しているのが、小梅が利用されることだ。サタンの後ろ盾を得ることや、人質って意味じゃねえ。小梅ちゃんの力は夏樹もわかっているだろう？　あの子が子を産めば、当たり前だが控えめに言って高い潜在能力を持つ子が生まれるだろう。小梅と、その将来的に生まれる子を利用されるのは父親としては面白くない」

「もしかして、そんなお馬鹿なことを考える魔族がいるの？」

「いる」

「へぇ」

夏樹は心の中の殺すリストを捲って、名を書く準備をした。

「幾人かいるが、一番面倒なのがマモンだ」

「マモン？　あー。あの、マモンか。そういや最近マモンってないなーって思っていたんだよね。はいはい、マモンマモン」

「知らないなら知らないって言っていいぞ？」

「知らないです」

「だよな。俺ほどじゃねえが、強い魔族だ。強欲を司る魔族だが、気が小せえくせに強かでな。欲しいものは必ず手に入れる野郎だ」

「そのマモンが小梅ちゃんを？」

サタンは首を横に振り「違う」と否定した。

「奴が欲しいのは魔王の座だ。そのために小梅を娶(めと)り、利用しようとしていやがる」

「殺せば？」

「企むのは自由だ。実行しない限りは殺せない。クソ野郎でも魔族の幹部だ。俺が手を下すことはできない。いや、できるが、ほかからの反発が出てくる」

「よくわからないけど、わかった」

魔界の事情も魔王の苦労も人間の夏樹にはわからない。

だが、夏樹はマモンの名を殺すリストの最上位に書いた。

「とりあえず、俺がマモンをぶっ殺せばいいんだね？」

獰猛(どうもう)な笑みを浮かべた夏樹に、サタンも唇を吊り上げて笑った。

「ま、お前さんにマモンが殺せるかどうかはわからんが。やれるもんならやってみろ」

サタンは夏樹に「お前では無理だ」とは言わなかった。

魔王なりに夏樹の何かを見抜いた可能性がある。

夏樹も笑う。不敵に、傲慢に、余裕だと言わんばかりに。

「マモンの奴は傲慢な野郎だが、気の小せえ奴でもある。おそらく、真正面から戦うことはしねえさ。春子さんのことは俺が何があっても守ってやる」

「……サタンさん」

「惚れた女だ。傷ひとつつけないと約束するぜ」

「うん。信じてるよ」

サタンと母がどうなるのか不明だが、彼が本気で母に恋をしていることはわかる。

小梅の父であることを含め、サタンが母を本気で想っているのなら、言葉通りに守ってくれると信じたい。

「なんだかな……こう簡単に信じられるとくすぐったいものがあるな」

苦笑いするサタンだったが、真面目な顔をして話を続ける。

「誤解を避けるために言っておくが、マモンは魔族の幹部といっても、俺の部下じゃない」

「どういうこと？」

「俺は魔界を制覇するにはしたが、あとは飽きちまった。だから、ルシフェルをはじめ、強い魔族たちを幹部にして、いろいろ丸投げしていた。マモンもそんな幹部のひとりだ。奴は俺への忠誠心を持っていないし、魔界をどうこうも考えていない。立場が欲しいだけだ。だが、魔界は、魔族はそれで通用する」

「シンプルなようで面倒くさいね」

「違いない。マモンのような奴らは多い。面倒臭えことをすれば潰せばいいんだが、こそこそやられると鬱陶(うっとう)しいだけだ。が、それも別にいい。俺としては、マモンには警戒している」

「小梅ちゃん関連で？」

サタンは首を横に振った。

「それもあるが、マモンは――サマエルの配下だと思われる」

「サマエルか……あいつかぁ。まじ厄介だよな。この間も、コンビニで肩がぶつかっただけで睨んできたし」

「そんなに近所にいねーから。知っているふりしなくていいから。サマエルは、俺と同格の魔族だ。俺と同一視されることもある、俺と同等の力を持つ魔族だ。俺とは何度かやり合ったんだが、決着はついていない」

「あれ？　でも、魔王はサタンだよね？」

「いい加減、トップを決めなきゃいけなくてな。ジャンケンで俺になった」

「トップの決め方ぁ！」

「ジャンケンの強さも魔王には必要なんだよ！」

「はい、じゃーんけーん！」

ならば試してやろうと夏樹がグーを出すと、魔王はチョキだった。

なんとも言えない沈黙が訪れる。

「サマエルは今さら魔王になろうなんて思っていないが、サマエル推しの奴らはいるんだ。俺を排除してサマエルを新たな魔王にしようとする者をはじめ、サマエルを利用して再び魔界に戦乱を招こうとする者、俺たちを潰し合わせようとする者それぞれだ」

「大変ねぇ」

「まったく大変だ。まあ、どの時代でも上を狙う奴らはいるんだ。今回、たまたま小梅の婚約者という立場を利用しようとしているのがマモンってなだけだ」

「でも、殺しちゃっていいんでしょう?」

「おう。殺せるならやっちまえ。異世界帰りだろうと、勇者だろうと、人間に負けるような幹部はいらねぇ」

サタンは魔力を隠しているにも関わらず、その存在そのものが夏樹の肌に焼け付くような刺激を与えてくる。

敵わないと思う一方で、どれだけ強いのか興味が湧くが、きっと戦うことはないだろうし、ないことを祈る。

「困ったことがあれば、連絡くれ。基本的には暇だが、社交ダンス中は携帯をオフにしているから承知しておいてくれ」

「マナーがしっかりしてる!」

「ダンス中に携帯が鳴ったら、先生や春子さんに失礼だろうが!」

「あ、はい。そうですよね」

話は終わりだ、とサタンがベッドから立ち上がると、ワクワクした顔をして夏樹に告げた。

「難しい話は終わりだ。さあ、アルフォンスと三人で恋バナしようぜ！」

「えー？」

「中学生の修学旅行の夜みたいに盛り上がろうぜ！」

夏樹は中学三年生になったばかりなので、まだ修学旅行には行っていない。

サタンのテンションについていけそうもないが、アルフォンスが北欧の女神とどのような恋愛をしたのか興味がないわけではない。

野暮なことは言わず、話に付き合おうと決めた。


「ねーねー、ノルン三姉妹の誰が好きなのー？」

「ちょ、やーめーろーよー。みんなの前で言うなよー」

「えー。いいじゃん。長女？　次女？　三女？　それとも三姉妹ー？」

茶の間のテーブルを片付けて、夏樹、サタン、ルシフェル、アルフォンスが、うつ伏せになって頬杖をつき顔を寄せ合い恋バナをしていた。

内容はアルフォンスと運命の女神ノルン三姉妹についてだ。

ニコニコしながら追求するサタンに、照れながら話をするアルフォンス。そしてノリで付き合う夏樹と、ひとりだけ嫌そうな顔をしているルシフェルだ。

「きんもー！　おどれらキモすぎじゃろう！」

「夏樹くんはさておき、いいおっさん連中に修学旅行の深夜みたいなノリで恋バナされても。というか、今時、こんなノリの男子っているっすか？」

「どうでもええわい！　あれじゃろ、このあとどうせ太一郎くんが先生の目を盗んで女子の部屋に忍び込むじゃろう！　そうやっていつも男子だけ楽しいことしているんじゃ！」

「あれ？　小梅さん、もしかしてあっち側っすか？」

なんて会話をしている小梅と銀子がコーヒーを啜って酔いを覚ましている。

どちらもかなり飲んでいたようだが、意外とケロッとしている。

母もサタンもそうだが、みんなお酒に強いようだ。ルシフェルだけが、酒が残っているのか、頭が痛いようで薬を飲んでいた。

「しかし、アルフォンスが北欧の神とですか。あちらもあちらで権力争いが面倒だと聞いています。巻き込まれないように気を付けてくださいね。あなたは弱いんですから」

「大きなお世話だ！　俺が料理の腕だけ上げたとでも思っているのか？」

「おや？　それなりに戦えるようになったのですか？」

「料理の腕しか上がってないぜ！」

「……今のやりとり必要でしたか？」

「いいじゃねえか。花子にパンツずらされて泣いていたアルフォンスが、恋とはな。おじちゃんも歳とるわけだ」

「なんか、親戚の集まりに迷い込んだみたいで微妙な感じがするんですけど！」

アルフォンスとルシフェルは軽口を叩き、サタンが何やら思うところがあるのか頷いている。

夏樹の言葉通り、銀子と夏樹を除けば、小梅たちはみんな親族なので『親戚の集まり』というのは間違っていない。

「にしても、俺らが集まるのは久しぶりだな。小梅ちゃんは地上を転々としているし、アルフォンスは北欧に。ミカエルの野郎は仕事人間で、ガブリエルはうるせえ世話焼きおばさんになっちまった。ウリエルとラファエルも忙しいようだし、一〇〇年以上顔は見ていないな」

サタンの口から出てくるのは、みんなビッグネームばかりだ。

「以前は、正月には集まっていたのですけどね」

「ゴッドからお年玉をもらう歳でもねえしなぁ」

「え？　ゴッドは毎年、ひょっこり現れてお年玉くれるんじゃが？」

「クソ親父は小梅ちゃんだけは可愛がっているからな。もちろん、小梅ちゃんの可愛さは神界一なんだが」

本当にノリが親戚の集まりになってきたので、夏樹が離脱して、小梅と場所を変わる。

「いやー、ルシファーからはじまってルシフェル、サタンに、ミカエルっすか。この人外たちに会ったって言っても誰も信じてくれねーっすよ」

「だよねー。頭大丈夫？　って心配されると思う」

「魅了とかそんな話をしていた頃が懐かしいっす。土地神さんもこの方々に丸投げでよかったんじゃないっすか」

「……ははは」

夏樹は夢の中とは言え、月読命とも会っている。

異世界から帰還してから、地球がファンタジーだと驚いたのが懐かしくなるほど、世界はファンタジーにあふれていた。

まさかサタンたちとすき焼きを食べるなどとは、異世界で魔族と戦っているときでさえ想像もできなかった。

「あのさ、銀子さん」

「なんすか？」

「疑問なんだけどさ」

「はい」

「今後、増えたりしないよね？」

「………………さあ」

「ゴッドまで我が家に来たりしないよね？」

「会うときはお外で会ってきてくださいね。自分は普通の霊能力者なんで」

「霊能力者に普通も普通じゃないもないよ！　ついてきてよ！」

「いえ、自分、無宗教なんで！」

「俺だってそうだよ！」

もしかするとサタンがひょっこり家に遊びに来たように、いつかゴッドまで遊びに来るのではないかと考えてしまう夏樹だった。


アルフォンスは、サタンとルシフェルと共に由良家を出ると、父ミカエルとガブリエルに小梅の婚約者として資格がないことを報告に行こうと翼を広げた。

日本の食材にとても興味があるという運命の女神ノルン三姉妹のためにエコバッグをパンパンにするほど買い物をして上空を飛んでいると、

「こんにちは」

アルフォンスのさらに上から、ひとりの青年が降ってきた。

「――な」

青年はただ降ってきただけではない。

殺意も敵意も感じさせないくせに、頭部を狙った鋭い蹴りを放ってきたのだ。

咄嗟に腕で防御するが、そのせいでエコバッグから食材が落ちてしまう。

幸い、下は川だったので人にぶつかることはないだろうが、せっかくの土産を台なしにされて
アルフォンスは襲撃者を睨んだ。

「誰だ、お前は？」

襲撃者は二十歳ほどの青年だった。

顔立ちは日本人だが、他の血も入っているのだろう。雰囲気が、先ほど会った夏樹や銀子とは
違う。

一八〇を超える長身であり、足も長く、すらりとしている。

何よりも驚くべきなのが、人間でありながら平然と宙に立っているのだ。

「霊能力者、だな。それもかなりの強さを持つと見た」

「大天使ミカエルの息子さんにそう言ってもらえると嬉しいですよ」

青年は人懐っこい顔をするが、アルフォンスは警戒レベルを引き上げる。

いきなり狙われる理由は不明だが、襲撃者は自分のことを知っていた。

黒のスリムジーンズと黒いシャツを身につけ、少し癖のある黒髪を背中まで伸ばしている。

よく見れば、服は少し汚れ、黒髪も伸ばしているのではなく、伸びっぱなしという印象だ。

肉体がすらりとしているのも、ただ細いだけだ。

「ちゃんと飯を食っているのか？」

「まさか天使様にそのように心配してもらえるなんて、嬉しいかな。ご飯は最近食べていないいんだ。でも、あなたを倒せば、しばらく食事に困らないお金をもらえるんだ」

「雇われ者か」

「本当に申し訳ないと思っているんだよ。あなたに恨みはないし、どちらかというと神様を信じて祈ったこともあるんだ。なのに天使を襲うなんて……嫌だよね」

「なら」

「きっとあなたは優しそうだから、やめろ、とか飯を食わしてやる、とか言ってくれるんでしょうけど、遅いかな。契約をしてしまったから、僕のすべきことは決まっている」

「――魔族と取引しているな？」

青年は曖昧に笑うだけで答えなかった。

だが、アルフォンスは確信する。

魔族の中には契約を重要視する者が多い。契約に縛られる者もいる。同時に、契約違反を絶対に許さない。特に、人間が魔族との契約を破ろうものなら、親類縁者まで殺される場合だってある。

金のため、食事のためなら、アルフォンスだって提供できた。

短くとも会話をすれば、青年が悪党ではないことはわかる。生きるために、霊能力を使う者もいるのだ。それを駄目だとは思わない。

「残念だ。実を言うと、俺は料理が得意なんだ。食べさせてやりたかったぜ」

「僕もあなたの料理を食べたかったかな。でも、巡り合わせが悪かったってことで。恨まないでくださいね。あ、そうそう。できれば抵抗しないでくれると嬉しいかな。お腹が減っているから力が出ないし、周囲に被害も与えたくないからさっさと倒れてくれることをお勧めするよ」

「ぬかせ！　仮にも大天使ミカエルの息子だぞ！　敗北するのはお前のほうだ！」

純白の翼を広げたアルフォンスは、神力を爆発させる。

父には及ばないが、ミカエルの息子だ。それなりに力を持っている。

アルフォンスの右手に、炎を纏（まと）った剣が握られた。

「おおっ、さすが天使様だ！　すごいすごい！　じゃあ、僕も頑張ろう！」

「――な」

青年から放出された霊力は、人間ではありえないほど強力だった。

かつて古（いにしえ）の時代。英雄と呼ばれた彼らを上回るほど強い。

「よいしょ、っと！」

虚空を蹴った青年が一瞬でアルフォンスに肉薄すると、蹴りを放った。

長い足が鞭のように振るわれ、迫り来る。

アルフォンスは、青年の足を焼き斬るつもりで剣を振るった。

「あり得ん！」

しかし、炎剣は青年の霊力のこもった蹴りによって砕かれた。

「さようなら」

青年の蹴りはそのままアルフォンスの脇腹に直撃する。

骨が砕ける音と、肉が潰れる音が肉体を通じて耳まで届いてきた。遅れて全身がバラバラになってしまったような激痛が駆け巡る。

アルフォンスはそのまま川の中に蹴り落とされた。


「上がってこないね。神力も感じなくなった。死んじゃった、でいいよね」

青年は川から上がってこないアルフォンスを探るも、気配も何もない。

「ごめんね、天使さん。だけど、こっちも仕事だから。よし！　気持ちを切り替えよう。じゃあ、とりあえず連絡してお金をもらわないと。今日はみんなで白米だ！」

青年は川に向かって一度だけ頭を下げると、背を向けたのだった。

「……ようやく家の中が静かになった」

アルフォンスが神界に帰ると言ったことをきっかけに、ルシフェルも魔界に帰ると言い出し、「俺は帰らないぞ！」と居座る気満々だったサタンを引きずって帰っていった。

ふう、と一息ついて、お茶を飲む。

台所の机には、アルフォンスがせっかくだからと作っておいてくれたパスタソースが良い匂いをさせていた。昼食はパスタを茹でて、フライパンでひき肉多めのトマトソースとさっと絡めれば出来上がりだ。

お昼にはジャックとナンシーも戻ってくるというので、楽しみだ。

「あ、一登からメッセージが入ってる」

一登から送られてきたメッセージは、昼飯でも食べに行かないか、というものだった。

思い返せば、一登とはよくハンバーガーや牛丼、ラーメンを食べに行っていた。

異世界の生活のせいですっかり忘れていたが、一度思い出すとスイッチが入ったように鮮明にその日々が浮かぶ。

「……ご飯はアルフォンスさんが作ってくれたパスタソースがあるしなぁ」

「一登ってあれじゃろ、先日泣いておった子じゃろ？」

「うん。覚え方がちょっとあれだけど、そうだね」

「なら呼べばええ。正体こそ隠すが、飯を一緒に食うくらいええじゃろう。ジャックたちとも顔を合わせておるし、春子ママさんとも顔見知りじゃろ？」

「もちろんだよ。一登はよく泊まりにもきていたしね」

「じゃあ、いいんじゃないっすか。幸いなことに、サタンさんたちもお帰りになったっすから、小梅さんが迂闊（うかつ）なこと言わなければ大丈夫っすよ」

「そうかなぁ？」

夏樹的には、小梅たちが一登を受け入れてくれるのは嬉しいのだが、せっかく普通に暮らしている一登を万が一こちら側に巻き込んでしまうのもよろしくない。

それでなくとも、兄よりも一登は潜在能力が高いのだ。ちょっとしたきっかけで能力が開花することもある。

その『ちょっとしたきっかけ』がどのようなものかわからない。

「あの、夏樹くんが心配しているのもわかるっすけど、あの兄の弟ならいずれ力に目覚めるというか、十分に非日常に足を突っ込んでるんじゃないっすかね。そりゃ、こっち側に関わらないのが一番っすけど、それで夏樹くんとの距離ができちゃうのもなんか違うっていうか。事情を知らない子からしたら、避けられているように思っちゃうでしょうし。なら、今まで通りに付き合って、こっち側がバレちゃったら事情だけ教えるくらいにしておけばいいんじゃないっすかね。実際、霊能力がなくてもこっち側に関わる協力者や理解者はいるっすから。あまり難しく考えなくてもいいっすよ」

「銀子はもう少しちゃんと考えたほうがええんじゃないんか？」

「いやー、昔っからそういう難しいことは考えるの苦手で。あ、でも、アドバイスするといきなりカミングアウトしても頭おかしいみたいな反応されますからね。高校生のとき、仲が良かった子に霊能者であることを言ってみたんですけど、痛い子扱いされて疎遠になりました」

「急に悲しい！」

「いきなりカミングアウトする銀子が悪いじゃろ！」

もし夏樹が一登から「頭大丈夫？」みたいなことを言われたら、ちょっと泣くかもしれない。

だが、霊能関係に関わっているから、一登を関わらせたくないから、という理由で距離を取るのも嫌だと思う。

銀子の助言を受け、あくまでも一登を友人として変わらず接しようと決めた。

夏樹は一登に紹介したい人たちがいるから、家でご飯を食べよう、と返事した。

しばらくして、

「な、夏樹くん！　血まみれの人がいるんだけど！　救急車呼ぶなって言われて、なぜかこの家に連れてくるように言われたから連れてきちゃったけど、知り合いなの⁉」

「アルフォンスさん⁉」

夏樹がどうこうするよりも早く、ファンタジーに巻き込まれた一登が負傷しているアルフォンスを担いでやってきたのだった。

「ちょちょちょ、なーんでさっき笑顔で帰って行った人が死にかけているんだよ！　小梅ちゃん、銀子さん！　ちょっと来て！　一登、とりあえずお前も家の中に」

「う、うん」

「誰かにあとをつけられて……は、いないみたいだね。よし。さあ、早く入って！」

血と水に濡れたアルフォンスを担ぎ、夏樹は家の中に入る。

夏樹の限界まで探知を広げてみるが、アルフォンスと一登をつけているような者はいない。

「おいおい、何があったんじゃ⁉　いくらアルフォンスが弱くてもミカエルの息子じゃぞ！」

「……うわぁ、お腹ぐっちゅぐっちゃっすね。回復術を使うことができないっすけど、応急処置なら。あ、水無月家から誰か派遣してもらうのはどうっすか⁉」

銀子の指摘通り、アルフォンスの腹部はひどかった。

腹部は抉られ、臓器が見えている。赤黒い血は止まらず、衣服はもちろん横たわる玄関の廊下を赤く染めていた。

とにかく出血が多い。天使でも出血多量の危険性は人間と変わらないようで、一登に風呂場からタオルを持って来させて腹部に当てる。

一登もアルフォンスを抱えてきたせいか、服が真っ赤になっている。外傷はないようだが、混乱しているのは見てとれた。本当なら、夏樹たちに何が起きているのか問いただしたいだろうが、緊急事態ゆえに我慢してくれている。

「……夏樹、悪い」

「アルフォンスさん！　何があったんですか？」

「襲撃、された……」

「魔族に？」

夏樹の疑問にアルフォンスは力なく首を横に振って否定する。

「俺を、襲ったのは、人間だ」

「……なんだって？」

「あり得ない、魔力と、身体能力、だった。気を、付けろ」

夏樹は回復魔法をかけるも、傷が深すぎる。

夏樹の回復魔法はかなり規格外な性能ではあるのだが、いくつか条件があり、最も有効なのが『自分自身』だ。

簡単な傷や、腕一本をつなげるくらいならできるが、腹部を抉り取られて内臓まで損傷している他人を治癒するとなると時間が必要だった。

せめて異世界でのように全盛期の力があれば、力任せの回復魔法でなんとかなったかもしれない。

「……三姉妹と、いちゃいちゃしている写真をＳＮＳにアップして……ドヤ顔したかった」

「まさかの三姉妹ハーレムだったの⁉　あと、下手したらそれが最期の言葉になるけどどうすんの

!?」

ふと夏樹は思い出した。

小梅の失った翼を回復させたのは、ほかならぬ夏樹自身だ。

そして、その手段はすぐ用意できるのだ。

混乱しすぎて、すぐに思い出せなかった。

夏樹は手刀で手首を浅く斬ると、滴り落ちる血をアルフォンスに飲ませ、続いて腹部に垂らしていく。

「……俺は、吸血鬼じゃ」

吸血鬼ではないと言おうとしたアルフォンスに変化が訪れた。

どくんっ、と彼の身体が脈打つと、彼は血走った目を見開いた。

次の瞬間、アルフォンスの腹部が血煙(ちけむり)を上げて修復していく。

「……なんだ、よ、これ？」

唖然としている一登をよそに、アルフォンスの傷はすべて治った。

呼吸を乱したアルフォンスが、自分の腹に手を当て、傷がないことを確認すると、あることに気付いたようで夏樹に驚いた視線を向けた。

「夏樹……お前、完全なる血統だったのか？」

「そうみたい」

「……マジか。いや、それはいい。とにかく助かった。ありがとう」

身体を起こし深々と頭を下げたアルフォンスに、夏樹は「いえいえ」と返す。

それよりも、天使を倒すほどの人間がいることが驚きだった。

だが、もっと重要なことがある。

「えっと、夏樹くん？　何これ、めちゃくちゃファンタジーみたいなことが起きた気がするんだけど、説明ってしてもらえるの？」

困惑を隠せない一登に、夏樹は銀子と小梅、そしてアルフォンスと目配せをすると、誤魔化しきれないと観念した。

「とりあえずシャワーと着替えをしよう？　昼飯食いながら説明するよ」

できることなら一登はこっち側に巻き込みたくなかったが、こうなってしまった以上、すべて話すことに決めた。

しかし、夏樹は内心ほっとしてもいた。

一番の友人であり、弟のような存在に、隠し事をしなくてよくなったからだ。

願わくは、すべてを知った一登が離れていきませんように、と祈るのだった。

シャワーを浴びて夏樹の洋服に着替えた一登は、由良家の茶の間の丸テーブルの前で正座していた。

夏樹、銀子、小梅と順々に座っている。

アルフォンスは、「俺のせいで巻き込んじまってすまない。積もる話もあるだろうから、俺はお風呂を借りるぜ」と気を遣ってくれて現在お風呂中だ。

とりあえずアルフォンスは全快しているようで、夏樹たちは一安心だった。

「――そっか。夏樹くんは異世界の聖剣に選ばれた勇者で、でも自前でも勇者で、異世界でクソみたいな日々を送って魔王をぶっ飛ばして、魔神をぶっ殺して、帰還したってことでオッケー?」

「オッケー！」

「それで、クソ兄貴にも眠っているけど力があって、その力のおまけで魅了があった。ただ、女の子の自業自得な面もあり、と。でも、そろそろ鬱陶しいから力を封じたんだけど、その関係でクソ兄貴のクソ兄貴が役立たずになったってこと？」

「イエス！」

「それで、そちらのきれいなお姉さんが刑事さんで霊能力を持っている。こちらのめちゃくちゃ美人さんが天使で、しかもルシファー！　あと、グレイもいる。あれ？　最後だけファンタジーじゃないよね？　違うよね？」

ひと通り話をしてみたが、受け入れる受け入れない以前に一登は混乱している。

ファンタジーな日常がすぐ傍にあったこともちろんだが、夏樹が異世界に勇者として召喚されて帰還したことや、兄の優斗も似たような力を持っていてそれが魅了であること、兄の異変に夏樹が関わっていること、目の前に天使がいること、そしてファンタジーの中に宇宙人がひょっこりいることまで一気に聞かされたのだから無理もない。

「あれ？　今、私のこと美人って言ってくれたっすよね？　でも、小梅さんはめちゃくちゃ美人って……おかしいっすね、私にめちゃくちゃ付け忘れていませんか？」

「どんまいじゃ、銀子。思春期のボーイは正直なんじゃよ」

「……ま、まあ、若い子は見た目に印象を左右されちゃいますからね。小梅さんはスレンダーで足なげーし、八頭身ですし、髪とかツヤツヤだし……あれ？　おかしいっすね。比べていたら、なんか視界がぶれるっす」

下手に関わると大変なことになりそうなので、銀子と小梅のやりとりは無視することにした。

「と、とにかく、ファンタジー世界に夏樹くんが巻き込まれて覚醒して、無双して帰還したんだけど、地球も意外にファンタジーだったってことだよね」

「そうそう！　それでいいの、それそれ！」

「そっか。なんだが、すっきりしたかな。クソ兄貴が無自覚ファンタジーってことは、あのクソ兄貴が普通じゃないってことだよね？　あー、納得できる。よかった。ああ、よかった」

「そっちで納得なんだね。まあ、気持ちはわかるけどさ」

「あれ？　でもクソ兄貴の力とかを封じたってことは——ああ、だから兄貴は女の子と誰も連絡取れないとかキレているんだ」

「キレてるの？」

「朝からうるさいんだよね。昨晩は、勃たない、なんでだよぉ！　とか叫んでたし」

ぶっ、と夏樹、銀子、小梅がそろって吹き出した。

「ってことはさ、今までの反動が来るんじゃないかな？」

「可能性はあるよね」

「本当ならざまーって叫んでやりたいんだけど、もうどうでもいいっていうか、なんというか。もうあのクソ兄貴のせいで迷惑かけられなくて済むって思うだけでほっとするよ」

「待ってほしいっす！」

優斗に今後迷惑をかけられなくて済む、と安心した一登に銀子が待ったをかけた。

「えっと、青山銀子さんでしたよね？」

「青山銀子っす。いやいや、私の名前なんてどうでもいいっすよ！　私ね、ちょっと考えていたんですけど」

「え、ええ」

「一登くんのお兄さって、不能になっちゃったみたいっすけど、別の快感を得ることはできるっすよね。快感が激痛とかないっすよね？」

ちらり、と夏樹に視線が集まる。

夏樹はしばらく考えて、「さあ?」と首をかしげた。

「つーか、それがなんじゃと言うんじゃ」

「……可能性のお話なんすけど、前でできないなら後ろでするっていう選択肢があるっすよ。夜な夜な女装して少年がおっさんとパパ活した結果調教されてとんでもないことに――って、あり得るでしょう?」

「「ねーよ!」」

「あれ? お、おかしいっすね。同級生の照子(てるこ)ちゃんと一緒に先日こんな話題で盛り上がったんっすけど」

おっかしいなー、と銀子は首をかしげるのだった。

「優斗のことは置いておいて、とりあえず霊能関係はあるらしい。俺も関わってまだ六日なんだ」

「――は? え? 六日? 六日でイベント盛りだくさんなの⁉」

「うん」

「えー、なんていうか、えー!」

「俺は霊能っていうか魔法使いというか勇者なんで、また違うんだけどね。でも最近は霊力も覚えたから使うときがあれば使うかなって感じ」

「そんな簡単に覚えられるものなの?」

「コツを掴めば簡単だよ」

さも大したことがないように言う夏樹の隣で、銀子が「ないない、それはないっす」と首を横に振っている。一登は、おそらく夏樹がおかしいのだ、と悟った顔をした。

「でもなんていうか、巻き込んじゃってごめんね。優斗関連は抜きにして、割と殺伐とした世界に一登を巻き込みたくなかったんだけど」

「ううん。ちゃんと説明してくれたことが嬉しいよ。隠すことや誤魔化すことだってできたのに――ありがとう、夏樹くん」

「こっちこそ、ありがとう」

夏樹と一登は自然と腕を上げ、拳と拳をこつんと合わせた。

ほっと肩の力が抜ける。

暗くならないように、明るく振る舞って説明していたが、もし一登に拒絶されていたらと思うと怖かったのだ。

しかし、杞憂だった。一登は、夏樹のことを、関わってしまったことを受け入れてくれた。

「あのさ、ちょっと確認しておきたいんだけどいい？」

「なんでも聞いて」

「俺の記憶消したりしないよね？」

「ないない。そんな器用なこともできないし」

「俺も夏樹くんみたいに戦ったりする必要はあるのかな？」

「ないと、思うけど」

夏樹が銀子に助けを求めると、彼女が引き継いでくれた。

「一般人の協力者っていうのは意外にいるんすよ。霊能力者も普通の生活をしていますし、二足の草鞋（わらじ）の方もいますからね。日常面でのサポートをしてくれる方の存在って結構貴重なんですよね」

「なるほど」

「だが、なんというか、おぬしはそれなりに力があるようじゃから目覚めればいい感じに戦えるじゃろう？」

「あ、そうなんだ？」

「おう！　だが、俺様的には眠っている力を無理して目覚めさせる必要もないと思うんじゃ。見えなくていいもんも見えるじゃろうし、関わらんでええもんに関わってしまうこともあるしのう」

「もしかして、幽霊が見える、とか？」

「見えるけど、あんまりいないよ」

「……いないんだ」

一登は怖いもの見たさで幽霊の存在を聞いたものの、あまり幽霊がいないことにがっかりする。

夏樹としてはたまに見る数少ない幽霊が、『悪霊』の部類に入るおっかないものであるとわかっているので見えないに越したことはないと思う。

「あのさ、一登はさ、優斗よりも潜在能力は高いんだよ。どんな力を持っているのかはわからないけど、力が目覚めたら持て余すかもしれないし、誰かを傷つけるかもしれない」

「そう、だよね」

「優斗にこっち側がバレると面倒になる可能性もある。あいつの封印は厳重にしたけど、俺より強い奴だっているはずだ。もしかしたら、呪いを解くことに長けた人なら解呪できるかもしれない。まあ、解けるもんなら解いてみろってくらい本気で封じたけど、絶対はないんだ」

「あのクソ兄貴が霊能力とか魔法とか、自分に力があるなんて知ったら――とんでもないことになりそうだね」

一登が顔を青くした。

夏樹的には、優斗が力をつけようと、力で自分に何かしようとしても問題はない。対処はするし、できなければ自己責任だ。

だが、優斗が力の存在を知って他者に悪さをすることや、無関係の人を巻き込むことが怖い。使いようによっては人を簡単に殺せる力だ。悪用しないとは限らないし、悪用する可能性のほうが高いと思っている。

最悪の場合は、一登やご両親が悲しむ形になったとしてもすべきことはしようと思っている。

「一登は俺にとって大切な友達で、幼馴染みで、弟のような存在なんだ。だから隠し事はしたくない。でもさ、こちら側を知ったからって関わる必要がないってことは覚えておいてほしいかな」

「――うん。ありがとう、夏樹くん。話してくれて、本当にありがとう」

一登が今後どうするのかは保留とした。

夏樹のようにどっぷり関わったわけではないし、殺伐とした世界で生活したわけでもない。ならば、今の夏樹の現状を知ったとしても、理解してくれれば関わる必要などないのだ。

（……でもさ、縁が切れる覚悟で黙っていることもできたのにしなかった俺って……やっぱり根性なしだよなぁ）

巻き込まれてしまったとはいえ、まだ引き返せるかもしれない一登にすべてを話したことを、少し喜んでいる自分がいることに気付き、自己嫌悪を覚えてしまうのだった。


「おう。昼飯だ！」

風呂から出たアルフォンスは、待っている間に銀子が近所の洋品店で適当に買ってきたスラックスとシャツを着て昼食を作ってくれた。

一登に担ぎ込まれたときは何事かと思ったが、今はすっかり元気のようで何よりだった。

（アルフォンスさんの元気な姿を見ると、完全なる血統でよかったと思えるかも）

夏樹は魔力任せの回復魔法「ヒール」を持っていて、かつて水無月都を真っ二つにしてしまった際、治すことができたほどの回復力を誇る。

しかし、夏樹の雷で焼かれた小梅の翼はあまり回復できなかった。

魔力の問題か、夏樹の技量不足のせいか、天使に「ヒール」の効果はあまりなかった。

完全なる血統の血で小梅が回復したことから、アルフォンスも同様に回復できたのだが、もしも夏樹が完全なる血統でなかったらと思うとゾッとする。

「いただきまーっす！」

「いただくんじゃ！」

「俺までありがとうございます、アルフォンスさん」

「気にすんな。一登は俺の恩人だ。たんと食ってくれ！」

エプロンを装着したアルフォンスも自分の文の皿を持って丸テーブルに並ぶ。

「どうしたんだ、夏樹？　食べないのか？」

「あ、うん。いただきます」

「おう」

「うまっ！」

一口食べて夏樹は感激した。

アルフォンスお手製ミートソースパスタは最高だった。

じっくり煮詰めてトマトの甘みを出したベースソースに、飴色になるまで炒めた玉ねぎ、そして食感を変えるために少し粗めにした挽肉も入っている。

パスタは、先日アルフォンスが「食ってくれ」と置いていったものだが、聞けば自家製のようだ。少し太めでもちもちした食感がたまらない。

チーズはお好みで。

「うま！」

普段、パスタは冷凍か、スーパーで売っているパスタソースで味を選んで食べるくらいだ。

パスタは好きなのだが、パスタのお店に行くのもちょっと敷居が高く感じてしまうので行ったことがない。

商店街にある洋食屋でナポリタンやカルボナーラを食べることもあり、そちらも食べ慣れた味で美味しいのだが、アルフォンスお手製ミートソースはそれ以上に絶品だった。

「……さすが女神と料理勝負して勝った天使だね」

「褒めるなって。デザートしか出ないぞ」

パスタの美味しさに震えている夏樹たちの前に、苺（いちご）のムースが出される。

銀子と小梅の目が輝いた。

「やばいよ……夏樹くんたちがファンタジーなのもびっくりだけど、アルフォンスさんのパスタがうますぎてやばい！　もうコンビニや冷凍食品は食べられない！」

「よせよ、一登。照れるじゃないか」

もともと人懐っこい一登は、あっという間に打ち解けていた。

きっとジャックたちとも良い関係を築いてくれるだろう。母だって、久しぶりに一登が顔を見せれば喜んでくれるはずだ。

銀子と小梅は一心不乱にパスタを食べ終わると、ムースを一口食べて「うんまー」と声を上げる。

「よし。アルフォンス！　お前を由良家専属料理人にしてやるぞ。ありがたく働くんじゃ！」

「ふざけんな。料理を作ってやるのはいいが、これ以上由良家に迷惑かけられないだろ！」

「春子ママさんのご飯ももちろん美味しいんじゃが、アルフォンスならわがまま言っても罪悪感がなくてちょうど良いんじゃが」

「俺はよくねえよ。ったく、襲撃されたせいでせっかく買った土産は川に沈んじまったし、金はねえし、そもそも職もねえし」

「え？　天使って……働くんですか？」

一登が驚くと、アルフォンスが当たり前だろ、と頷く。

「自給自足している奴もいれば、人間に紛れて働いている奴もいる。意外と、知り合いに神族や魔族がいるかもしれないぞ」

「……きっと三軒隣の山田さんは神様だよ。ご近所の情報収集がやばいもん。なんでも知ってるもん。困ったことあったら山田さんに聞いたらなんでもわかるもん」

「すげえな山田さん！」

談笑しながら昼食を楽しんでいたそのときだった。

——ぴんぽーん。

来客を告げるチャイムが鳴った。

「あ、誰か来た」

さすがに客人たちに出てもらうわけにもいかず、ジャックが帰ってきた可能性もあるので、夏樹がフォークを置いて口周りをテイッシュで拭くと玄関に急いだ。

「どちらさまですかー？」

「こんにちは。ミカエルです」

「——は？」

玄関の向こうにまたビッグネームがいた。

「……こんにちはー」

恐る恐る玄関を開けた夏樹は、硬直した。

二〇代前半の青年がいた。

美青年という言葉は彼のためにあると思えるほど、美しい。

それでいて、光り輝く長いブロンドヘアが青年の美しさを際立たせている。

「こんにちは。突然お訪ねしてしまい申し訳ありません。私はミカエル。神界の幹部でありゴッドにあまり忠実ではない大天使です」

「……忠実じゃないんだ」

夏樹を驚かせたのは、またしても訪れたビッグネームではない。

息を呑むほどの美青年であることも違う。

——ビッグネームの大天使ミカエルがグレーの上下スウェットとサンダルで訪ねてきたことに驚愕(きょうがく)していた。

「もっと外行きのお洋服はなかったんですか?」

「プライベートはラフに生きると決めています」

「でも、ほら、一応お外に出るんですから」

「ふふふ。私は知っていますよ。人間たちはコンビニくらいならジャージやスウェットで行くのでしょう?」

「神界からウチまでコンビニ感覚で来ないでくださいよ。ああ、もう、とりあえず上がってください」

「ありがとうございます」

いつまでも大天使を玄関に立たせておくのも気が引けるので、上がってもらうことにした。

ルシファーからはじまり、サタン、ルシフェル、月読、そしてミカエルまで来てしまった。

夏樹も異世界の勇者であり、由良家は混沌と化していくような気がしてならない。

「げっ、父上」

茶の間に通すと、誰よりも早く反応したのがミカエルの息子アルフォンスだった。

「げっ、ではありません。アルフォンスが襲撃されたと聞いたので迎えに来たのです」

「ガキじゃねえんだし、心配しなくても」

「人間たちに迷惑をかけているではありませんか。あなたはそもそも正規のルートではなく、独自のルートで神界に上ろうとしたからこんなことになるのですよ」

息子に対して小言を言い始めたミカエルだったが、視線が集まっていることに気付き咳払いすると、みんなに向かって礼をした。

「みなさん、こんにちは。アルフォンスがお世話になっています。私はミカエル。ゴッドにあまり忠実ではない大天使です」

ミカエルはどうやらゴッドに思うことがあるようだが、夏樹は触れないことにした。

「おおっ、叔父上ではないか！　久しぶりじゃのう！」

「お久しぶりですね。小梅は相変わらず元気そうで何よりです」

「俺様は元気と美人だけが取り柄じゃからな！」

特に問題なく挨拶をする小梅に対し、銀子は「まーたビッグネームが来ちゃったっす。もうお腹いっぱいっす」とげんなりし、一登も「え？　ミカエルってあのミカエル⁉　すげぇ！　つーか、なんでスウェット着てるの？　俺、同じの持ってるんだけど！」と驚きとツッコミを入れている。

「えっと、あの、ミカエルさんはアルフォンスさんをお迎えに来たってことでいいですかね？」

「はい。あなたの貴重な血を分けていただいたようで、心から感謝しています。こんな息子ですが、私にとって唯一無二の存在ですので」

「……父上」

「お礼はいらないです。知り合いを助けるのに理由はいりません」

「……それでも、ありがとうございます」

ミカエルが深々と夏樹に頭を下げた。

仮にも神界の幹部であるミカエルがただの人間に頭を下げるのは大問題な気がするが、ミカエルのような天使が上にいるのならきっと神界も良いところなのだろう。

「できることなら君とはゆっくりお話をしたかったのですが、今回はアルフォンスを迎えに来ただけですので帰らなければなりません」

「あ、そうなんですね。じゃあ、今度ゆっくり遊びに来てください」

「ええ、約束しましょう」

夏樹に向かいミカエルは笑顔を浮かべた。

続いて、ミカエルは一登に向く。

「三原一登くん、息子を助けてくれたことに感謝します」

「いえ、そんな」

「これは私からのお礼です」

ミカエルが髪を一本抜くと、一登の右手に巻きつけた。

「あの、これは？」

「あなたに危険が訪れたとき、引っ張ってください。その瞬間、ミカエル的バリアーが発動しますので」

「……ミカエル的バリアーって……ありがとうございます」

「いえいえ」

続いてミカエルは銀子を見た。

「青山銀子さん、あなたの持つ魔剣はまだ力が完全に解放されていません。ぜひ真価を発揮してくださいね」

「ちょ、まじっすか!?　ありがとうございます！　頑張るっす！」

「きっと面白い力に目覚めるはずです。頑張ってくださいね」

最後にミカエルは小梅を見た。

「小梅、良い人を見つけたみたいですね。叔父として安心しています。婚約関連はガブリエルにちゃんと言っておきますので、ご心配なく」

「うむ！」

「ただ魔族に関しては面倒でしょうが、頑張って対処してくださいね」

「夏樹がいるから余裕じゃ！」

「……なるほど。楽しみです」

全員に声をかけると、身支度を整えたアルフォンスと一緒に玄関に向かう。

「それではみなさん、さようなら。今度遊びにきますね」

「ええ、ぜひ」

「夏樹、一登、世話になったな、また来るぜ！」

「そのときはご飯よろしく！」

「あ、俺もまた食べたい！」

「まかせろ！」

笑顔で挨拶を交わすと、ミカエルとアルフォンスは翼を羽ばたかせて消えた。


「こんにちは。先日、少しお会いしたが、ちゃんと挨拶をさせてほしい。私の名前はジャック・ランドック・ジャスパー・ウィリアムソン・チェインバー・花巻（はなまき）だ。夏樹の親友なら私の親友だ。ぜひ仲良くしてほしい」

「こんにちは。私はナンシー・ピーティー・ロットロット・ナイジェルマリー・赤星（あかほし）です。ジャックの婚約者です。よろしくお願いしますね」

「あ、どうも三原一登です。というか、めちゃくちゃイケメンと美女！　あと名前長いですね！」

ジャックとナンシーが帰宅し、一登に自己紹介をした。

人の姿になっているジャックは水も滴るいい男であり、ナンシーは誰もが振り返る美女だ。一登が見惚れてしまうのも無理はない。

何よりも名前の長さの印象が大きく、すぐに覚えられるほどだ。

「あ、一登。ジャックとナンシーさんは宇宙人だから」

「――は？　え？　本当に宇宙人っているの？　まじで？　本当に？」

「ジャック、もしよかったら姿を見せてあげてくれないかな？」

「もちろんだとも。友人には真の姿を見てもらいたい」

ジャックが笑顔で頷くと、彼の姿がぐにゃりと歪み――あっという間に銀色の身体を持つ宇宙人グレイの姿となった。

「うぉおおおおおおおおおおお！　かっけぇえええええええええええええ！」

ジャックたちの姿は映画などで見たことのある形はそのままに、より生きている生命体であることがわかる。

夏樹は人気のない闇の中で邂逅したので驚きが勝ったが、こうして誰かの紹介で会っていたらきっと一登と同じ反応をしていただろう。

（わかるぜ！　男の子だもんな！）

お茶を飲んでいた銀子と小梅は、一登の興奮に若干引いている。

残念ながら、彼女たちはグレイの容貌をカッコいいと認識できないようだ。

「……一登くんも変わった子っすね」

「夏樹のマブダチじゃからな」

「グレイ状態のジャックさんの目って、宇宙のように深く暗くて見透かされているみたいでこえーっすよ」

「わかるんじゃ。こいつら性格もええから、俺様たちの隠しているちょっとやましいことが覗かれているようでのう」

女性ふたりの感想はさておき、夏樹も改めて明るい場所でジャックを見て感動に震える。

まるで映画の中から飛び出してきたグレイだが、夏樹にはわかる。ジャックが人の姿でイケメンであるように、グレイの姿でもグレイ業界ではイケメンであるのだと。

何よりも性格が良いのだ。

婚約者を攫われ、怒りを爆発させていいはずが、紳士的な対応をした。

これだけできた宇宙人は人間でもそうそういないだろう。

「あ、あの！　写真撮ってもいいですか⁉」

「あ、ずるいぞ、一登！　俺も俺も！」

「ははは。構わないさ、だが、公にはしないでほしい。あくまでもプライベート用ということでお願いしたい」

「もちろんだとも！　ね、夏樹くん！」

「ああ、もちろんさ！　な、一登！」

夏樹と一登が頷きあい、写真撮影が始まった。

やはりグレイと写真を撮るなら絶対にやりたいのが、ジャックを真ん中にトレンチコートを装備した夏樹と一登が左右に立ち、手をつなぐ。

王道中の王道だ。

続いて、映画のシーンの再現や、さまざまなことをした。

「ちょ、まって、夏樹くんはジャックさんをチャリの籠に入れて空を飛んだの⁉」

「飛んだとも！　飛んでしまったとも！」

「いいなーいいなー！」

「ふはははは、魔法使いの特権だよ！」

はしゃぐ夏樹と一登に、付き合いの良いジャック。

ナンシーもグレイの姿となり撮影に付き合ってくれた。

「本当に男子って」

「ねー」

銀子と小梅は苦笑しているが、集合写真を撮ろうとすると慌てて立ち上がった。

「ちょ、私たち抜きは寂しいっす！」

「主役の俺様を真ん中にせず、どうやって写真を撮るというのじゃ！」

仲間外れは嫌だったのか、無理矢理入ってきた。

タイマー機能を使って何枚か写真を撮り、夏樹と一登は大満足だった。

「ありがとうございます、ジャックさん！　今度、何かお礼を」

「気にすることはない、一登。友が喜んでくれることが一番のお礼なのだよ」

「かっけぇ……こんな兄貴が欲しかった」

「それは同感」

ジャックならば自慢の兄になること間違いないだろう。

「あー、最高だった！　なんだかんだで結構お邪魔しちゃってごめんね。今日はそろそろ帰るよ」

「晩御飯食べていけばいいじゃん、泊まっていきなよ」

「そうしたいけど、クソ兄貴が暴れて親も困っているからさ。俺だけ逃げるのもちょっとね。それに、クソ兄貴の現状が自業自得っていうのもよくわかって、俺はざまぁとしか思えないから気にならないよ」

アルフォンスが襲撃された件があるので、このまま一登を帰していいのかと思ったが、小梅が言うにはミカエルから渡されたお守りがあれば、よほどのことがないと一登に危害を加えることはできないらしい。

心配は心配だが、これからずっと一登を由良家に住まわせる理由をお互いの親に説明できないので、今日はとりあえず帰宅することとなった。

「新しい友よ。よければ、私が送ろう。代車だが、良い船だ」

「――なん」

「――だと」


「――よ、ようやく帰ってこられた」

「……一時はどうなるかと思ったけど、なんとか帰ってこられたね」

夏樹と一登は、三原家の前でへとへとになっていた。

夕方前に由良家を出たのに、気付けば日が変わりそうだった。

――もちろん、帰宅に時間がかかった理由はある。

ジャックが宇宙船で送ってくれると言ってくれたので、男の子ふたりは言うまでもなく喜んだ。

みんなで乗ろうぜ、という話になったが、銀子は「いや、常識が壊れちゃうんで」と断り、小梅も「乗り物酔いが怖いんじゃ」と乗り気ではないので、男子だけで楽しむことになった。

ジャックが乗り込んだ三角型の宇宙船の中央部分から光の柱が放たれると、夏樹と一登を宇宙船に吸い込んだ。

浮かんでいくふたりは「きっとアブダクションされるってこんな感じなのかー」と思いながら宇宙船に入っていった。

宇宙船の中でも興奮するポイントは山のようにあったが、そこからが大変だった。

気を利かせてくれたジャックが少しドライブをしようと誘ってくれて、もちろん夏樹と一登は大喜び。

月の裏側まで行こうという話になり、テンションが振り切っていた男の子たちは「ひゃっほー!」と万歳した。

そして想像していなかったイベントに巻き込まれてクタクタになって帰ってきたのが、つい先ほどの話。

しばらく宇宙はお腹いっぱいだった。

「すまない、友よ。まさか警察に捕まるだけではなく、海賊と一戦交えることになるとはさすがに予想できなかった」

「いーっていーって、俺たちがはしゃいだせいで捕まったんだし。あれ? 罰金とか大丈夫?」

「いや、運転手に責任があるのは言うまでもない。罰金も大した額ではないので、問題ない」

「俺としては宇宙海賊とガチバトルしたことがいい記念になったよ。ファンタジーに関わるかどうかを悩むはずが、ＳＦにどっぷり関わっちゃったしね！」

「……妹たちも感謝していたが、私も心から感謝する。夏樹と一登の勇気を賞賛する」

ジャックの感謝の言葉に夏樹と一登がニッと笑った。

「何言ってんの。友達の妹さんを助けるなんて当たり前じゃない」

「そうそう。ジェシーさんが無事で何よりさ！」

ジャックは夏樹と一登にハグをした。

少年たちはくすぐったく、どこか達成感があった。

「よし、そろそろ帰るよ」

「おじさんとおばさんに怒られない？」

「クソ兄貴のおかげで夜中に帰ってくるだけじゃ怒られないって」

一登は霊能や魔法云々を知ったので優斗の現状を理解し、少し気が楽になったようだ。

しかし、ご両親は違う。

少し前までは女遊びが激しく、現在は女性から相手にされず、欲求が発散できずにイラついている優斗をどう受け止めるのだろうか、と気の毒に思う。

一登が本格的に協力者として霊能関係に関わっていくのなら、優斗のことをご両親に説明するのもひとつの選択肢ではないかと夏樹は考えていた。

ただ、その辺りは繊細な問題なので、警察署署長の青山久志(ひさし)に相談しようと思っている。

「くそっ、なんで反応しないんだよ！」

外に聞こえるような大きな声が響いた。

考えるまでもなく優斗が欲望を発散できなくてご機嫌斜めのようだ。

夏樹と一登は顔を見合わせると吹き出し、そしてハイタッチしてから別れたのだった。

長い土曜日が終わろうとしていた。


「ただいまー」

夏樹とジャックが徒歩で帰宅すると、母春子が出迎えた。

「もう夏樹ったら、ジャックくんを連れ回してこんな遅くまで！　携帯もつながらないし、どこ行ってたの！」

「ご、ごめんなさい、ちょっと海賊と戦ってて」

「嘘をつくならもっとちゃんとした嘘をつきなさい！　ほら、ご飯温めてあげるからジャックくんと一緒に手を洗って」

「はーい」

「夏樹を連れ回してしまい申し訳ない。以後気を付けます」

「いいのよ、ジャックくん。夏樹もジャックくんみたいに落ち着いた子になってくれるといいのだけど」

ジャックと一緒に手を洗ってうがいをすると、台所のテーブルにつく。

茶の間では銀子と小梅、ナンシーが一杯やっており、おそらく母も参加していたのだろう。

「おう、遅かったんじゃのう」

「何かイベントに巻き込まれたんじゃないっすかね」

「ぎゃはははは！　今度は宇宙人と戦っとるんじゃないか！」

「うわー、やべーっす！」

酔っ払いふたりも、まさか冗談で言った宇宙人との戦いを本当に夏樹がしてきたとは思ってもいないだろう。

ナンシーがジャックにおかえりのキスをするのを見て、ジャックは勝ち組だなぁと思う。

「俺様たちもちゅーしてやろうか！」

「今ならサービスっすよ！」

「いえ、酒臭いんでいいです」

「なんじゃとぅ！」

「あんだとぅ！」

いい感じに酔っ払っている小梅と銀子は放っておいて、ジャックと一緒に夕食を食べた。

夕食は母が作った肉じゃがとだし巻き卵に味噌汁だ。

温め直してくれた肉じゃがは、じゃがいもに味がよく染みていて、ほろほろと口の中で溶ける良い煮込み具合の芋だった。

由良家では、玉ねぎと豚バラ肉、そして糸こんにゃくを入れている。少し濃いめに味を付けると、圧力鍋を使ってさくっと作るのだ。

だし巻き卵もいつもの味だ。少し砂糖を入れて甘めに味を整えているのが由良家スタイルだ。やはり母の作った卵焼きが一番美味しい。

そして、白米。艶（つや）やかに炊かれたもちもち系の米はとても食べやすく、甘味もあった。母のこだわりでお米は商店街のお米屋さんで食べ比べをしてから買っている。夏樹には美味しいか、好みではないかの二種類の感想くらいしか言えないのだが、母はもっと繊細に味を感じ取れるようだ。

そして、お袋の味といえば味噌汁だ。わかめと豆腐に油揚げ。疲れた体に塩っ気が嬉しい。

「あー、日本人に生まれてよかったー」

「大げさねぇ」

「日本人ではないが、素晴らしい食事に感謝します」

「もう、ジャックくんまで」

夏樹はお腹が空いていたこともあり、ガツガツ食べていたが、しっかり味わうことは忘れない。

異世界で数年の間飲食をしていなかったので、ひとつひとつの食事に感動を覚えている。味噌汁に至っては、異世界に存在すらしなかったのだから。

「夏樹、明日の予定はあるかな？」

ジャックに尋ねられ、うーん、と夏樹は唸る。

一登が来る可能性がないわけではないが、これといって予定はない。

もしかしたらまた天使や魔族が遊びに来るかもしれないが、それは考えないようにした。

「ないよー。どうしたの？」

「商店街の外れに銭湯を見付けたのだ。できれば、行ってみたい」

「あーあー！　銭湯あるよね。よく行ったなぁ。おじさんとおばさん元気かなぁ」

最近はスーパー銭湯が増え、向島市にも何軒かある。

しかし、夏樹は近所の銭湯のほうが好きだった。銭湯に行けば知り合いがいて、コーヒー牛乳を奢(おご)ってもらうこともあった。一登ともよく一緒に行っていた。

夏休みには掃除を手伝う代わりに一番風呂に入ったこともある。

「何言っているの、夏樹。ちょっと前に銭湯に行ったばかりじゃない」

「あれ？　そうだっけ？」

「夏樹ったら、足を伸ばしてお風呂に入りたいって言って。覚えていないの？」

「あー、そうだったかも」

体感的に何年も経っているため、銭湯に最後に行ったのがいつだったか覚えていない。

異世界ではサウナが基本で、風呂もあったのだが、お世辞にもきれいなお湯とは言えなかった。

魔族たちのほうがよほど清潔な暮らしをしていた。

夏樹は浄化魔法を早々に覚えたので、風呂に入らず身を清めていた。

「よし、銭湯に行こうぜ！」

「ありがとう！　明日を楽しみにしている！」

笑顔を浮かべるジャックに、夏樹も釣られて笑顔になった。

異世界から帰還して六日が経ったが、慌ただしい日々なので日曜日くらいはゆっくりしたい。

夏樹は心底そう思った。


日本のとある地方にある、小さな一軒家。

リビングのソファーでくつろいでいるのは、三〇代半ばに見える男性だった。

スラックスにシャツというラフな出立ちだが、これでもかというほどジャラジャラと金の飾りを腕、首、足にと身に着けている。

灰色の髪は肩まで伸び、だらしなさこそ感じるが、不快な印象はない。

「まもんまもん……来たか。悪かったな、こんなところまで来させて。疲れただろ。テーブルの物は好きに飲み食いしてくれ。まもんまもん」

「マモンさん、こっちこそ遅くなってすみません。まもんまもん」

男性の正体は、魔族の幹部であり七つの大罪の強欲を司る――マモンだ。

マモンににこやかに挨拶したのは、アルフォンスを襲った青年だった。

「面倒な役を押し付けたなまもんまもん。アルフォンス・ミカエルは邪魔というか、鬱陶しいので退場してもらいたかった。あれも、弱いなんて言われているがあくまでもミカエルとして弱いだけで天使としては強いまもんまもんだ。そんなアルフォンスを倒したお前さんもなかなかだがなまもんまもん」

「強かったですよ。七割くらいの力を出したのって初めてじゃないかな」

「はっ、人間が全力を出さずに天使をぶっ飛ばすとは大したもんだ、まもんまもん」

マモンは青年を見た。

これと言って傷を負っていない姿を見て、感心する。

青年は俗に言う霊能力者という人間だ。

本来ならば、人間が天使を倒すことなどできない。だが、彼は倒せた。

なんてことはない。彼が規格外に強い人間であるからだ。

「ところで、マモンさん。仲介業者の人はどこに行きました？　あの人からお金をもらう約束になっていたんですけど」

「ああ、俺が殺しておいたまもんまもん」

「……あー、これってもしかして用済みだから殺しちゃう的な感じですか？」

「まもんまもん。俺がそんなことするわけないだろ、面倒くさい。俺は強欲だが、面倒ごとは嫌いなまもんまもんだ。だが、強欲であり悪党ゆえに、悪党気取りの小物は大嫌いであるまもんまもん」

マモンと青年をつないだのは、自称仲介業者を名乗る『はぐれ霊能力者』だ。

普段は人間相手に、霊能力者を紹介して裏稼業をさせて金を稼いでいる人間だった。

それだけなら構わない。

だが、弱者の分際で強者を利用し、金を掠め取っているのが気に入らない。今後は青年と直接やり取りをすると言うマモンに改めて仲介料を求めてきたので、欲を出したことを後悔させてから殺した。

「お前は強いが、一般常識がないまもんまもんだ。子供のため、仲間のためと頑張っても世間知らずのせいでいいように利用されて腹を空かせている。それは強者のあり方じゃないまもんまもん」

「えっと」

戸惑う青年に、マモンは苦笑いする。

青年は、常識がないのか、それともお人好しなのか、金ではなく現物支給で働いていた。

米をはじめとした食べ物を得て、その対価に戦っている。

仲介業者は、青年で稼いだ金で豪遊しながら、適当に買った食材を渡しているのだ。

「利用されるほうが悪いが、利用するほうが俗物だと美学がないまもんまもんは不愉快だ」

「……あの、じゃあ、どこからお給料をもらえばいいんですか？」

「俺がやる。ほら、これで好きなまもんまもんを買うといい」

リビングのテーブルに札束を置いた。

「お金かぁ」

「……金をもらってがっかりするやつを初めて見たぞ、まもんまもん。だが、俺は強欲だが慎重なところもある。台所を見ろ」

「……美味しそうなご飯がありますね」

「まもんまもん！　艶やかな白米、じっくりコトコト煮たポトフ、まだ焼いていないが育ち盛りにはたまらない肉、そして食後のデザートも忘れていない。これもすべてくれてやろう」

「いいんですか⁉」

「金より飯か。お前のまもんまもんな境遇を考えると、目の前の飯のほうがありがたみがあるんだろうな、まもんまもん」

「食べないと死んじゃいますから」

青年の境遇は、仲介業者を殺す前に聞いていた。

一般家庭に生まれながら、規格外の霊力を持っていたせいで、良くないものを呼び寄せてしまっていた。

よくある話だ。九割ほどが、その後、霊能関係に保護されておしまいなのだが、青年の場合は親が屑(くず)だった。

まるで物でも捨てるように、子供だった青年を捨てた。

空腹に困って盗みを働き、力を使えるようになり、各地を転々としていたところ、同じ境遇の子を見つけては家族として迎え、支えて生きてきた。

そんな折、仲介業者と知り合い、裏稼業をさせられていた。

今では、ボロ屋に十数人の子供と身を寄せ合いながら生活している。

常識に疎く、お人好しでありながら、力だけは規格外。利用するにはもってこいだったようだ。

「まもんまもん。この家にある食糧、衣服、好きにしていい。俺からのまもんまもんな贈り物だ」

「ありがとうございます！　うわー、嬉しいなぁ。子供たちにお腹いっぱい食べさせることができるよー。あ、でも、仲介業者さんが死んじゃったのなら、これからお仕事どうしよう？」

「お前は優秀なまもんまもんだ、俺がしばらく使ってやる。天使と悪魔に喧嘩を売るんだが、手駒が足りないまもんまもん」

「よかったぁ。ありがとうございます、まもんまもん」

「おう、まもんまもん。俺はお前が気に入った。その力が欲しい。どうだ、雇われるもではなく、俺の部下にならないか？　俺にまもんまもんと忠誠を誓うなら、お前に、お前の保護しているガキにも良い暮らしを約束してやる。衣食住、学校にも通わせてやるし、年を重ねたら結婚して家庭をつくることだってできるぞ」

マモンの言葉はまさに悪魔の誘惑だった。

しかし、青年は首を横に振る。

「気持ちは嬉しいんですけど、僕たちは決めたんです」

「まもん？」

「人として生きて、人として死のうって。人間として魔族さんに雇われても、魔族側にはいきません。天使も神も、僕たちには——家族じゃないので」

「まもんまもん！　いいぜ、気に入った。あくまでも契約でいいぞ。俺は誇り高きマモンだ。契約は守ろう。お前が、働いてくれるなら、同じ分だけ報いていてやる。人として生き、人として死ぬために、俺を利用しろ」

マモンは青年に向かって手を差し伸べた。

青年は少しの間を置いてからマモンの手を取った。

「よろしくお願いします、まもんまもん」

「ああ、よろしくな。まもんまもん。ああ、そうだ。俺は強欲だが少しうっかり屋さんなところがある。仲介業者を殺す前に、大事なことを聞いていなかった。お前の名前を教えてくれ」

握手をしながら名を尋ねたマモンに、青年は笑った。

「僕は——小林蓮(こばやしれん)です」


「ふぁ」

日曜日の朝。

なんだかんだで月曜日の夕方に異世界から帰還して、七日目の朝を無事に迎えることができた。

異世界の苦痛な日々に比べると天と地の差がある現代日本での生活に感動し、感謝して月にお休みを言い、太陽におはよう、と言うほど夏樹の心は晴れやかだ。

「うーん。今日は良いことありそう」

寝巻きがわりにしているジャージ姿で、歯を磨きながら郵便ポストから新聞を取る。

春の風が気持ちいいので、新聞片手に玄関の前で歯磨きしていると、散歩中の近所のおばちゃんが挨拶してくれたので、夏樹も手を振り挨拶する。

こんな何気ない生活は、涙が出るほど大事だった。

朝といっても、日曜日なので普段よりものんびりだ。

時刻はすでに八時半過ぎ。

小梅と銀子は母と一緒に酒盛りをしていたのでまだ寝ている。

ジャックとナンシーはモーニングコーヒーを飲みながら、いちゃついていた。

昨日は一登に霊能関係がバレてしまうなどあったが、起き抜けにスマホを確認すると、今日も遊びに来たい旨が書かれていたので、きっと受け入れたのだと思う。

というか、「霊能力者？　あ、はいはい。でも宇宙人のほうがすごくね？」と夏樹でさえ思うイベントが昨晩あったので、一登的にも霊能関連は受け入れやすくなっていたのだと思う。

宇宙にまで行っておいて、今さらいち抜けはないだろう。

「ふぁぁぁ。夕方には銭湯行くけど、それまで何しよっかなぁ。一登と久しぶりに遊びたいなぁ」

今まで適当に歯を磨いていた夏樹だが、異世界では歯磨きの概念がなかったため、歯ブラシを使って歯を磨くことが気持ちいいことだと認識していた。

異世界ではちょっと魔法が使える人間が周囲の人間の口内をささっと浄化していた。ちょっとした魔法に頼ってしまうせいで、歯磨きが生まれなかったようだ。

「今日は銭湯か。楽しみだ！」

向島市の商店街のはずれにある銭湯は、初老のご夫婦が運営する市民の憩いの場だった。

ご本人たちは趣味でやっているると公言しているのだが、ほぼ毎日開いている。料金も最近は値上がりしたが、大人は四五〇円、子供は一八〇円というお手頃価格でありながら、サウナがあるのが嬉しい。

一般的な銭湯に比べて若い人はあまり来ないが、地元民に愛される銭湯なのでそれなりに客もいる。

夏樹も幼い頃から母や一登、青山久志などと一緒に来ているので知った顔だ。

「こんにちはー」

「失礼する」

「どうもです」

夏樹、ジャック、一登は合流して午後を男三人で遊ぶと、締めとばかりに銭湯にやってきた。

暖簾（のれん）をくぐると、番台には顔馴染みのおばちゃんが座っていた。

「あら、なっちゃん、一登ちゃん。よく来たね。あら、商店街で噂のイケメンさんじゃない」

「お風呂入りに来ました」

「サウナもね」

「こんにちは、ご婦人。私は、ジャック・ランドック・ジャスパー・ウィリアムソン・チェインバー・花巻（はなまき）です。由良家に滞在しているので、通わせていただきます」

知った顔なので気軽に挨拶する夏樹に対し、ジャックは胸に手を当てて丁寧にお辞儀をした。

礼儀正しいジャックに少し驚いた顔をしたものの、おばちゃんは目尻のしわを深めた。

「ジャック・ランドック・ジャスパー・ウィリアムソン・チェインバー・花巻ちゃんね。はいはい、おばちゃん覚えたよ。礼儀正しい良い子だね。なっちゃん、一登ちゃん、三人で好きな牛乳飲みな！」

「やったー！」

「わーい！」

「感謝します、ご婦人」

「いいって、いいって。暖かくなってきたけど、まだ夜は冷えるからね。ちゃんとあったまっていきなさいね」

笑顔のおばちゃんにお礼を言って、男湯に向かう。脱衣所に服を脱ぎ、ロッカーにしまう。鍵は輪になったゴムに通されていて、手首に装備した。

タオルを腰に巻くと、ちらり、とジャックを見る。

数人のお客さんがいる中で全裸になることへ躊躇（ためら）いがあると思ったが、彼は特に問題ないようで服を脱いでいた。

（ま、よくよく考えればグレイの姿が常に全裸みたいな感じだもんね）

現在は美形な欧州の青年なので、ほかのお客さんもつい視線をジャックに向けてしまっている。

「ジャックさん、なかなかの物をお持ちですね」

「ははは。夏樹こそ、立派なものをお持ちだ。ふふふ。懐かしい。学生時代、寮の風呂場で友人とこんなやり取りをしたよ」

懐かしむように微笑むジャックだが、夏樹にはグレイバージョンだったのか、人間バージョンだったのか気になる。

あと、宇宙人の寮生活などもとても気になった。

「夏樹くんもジャックくんも、お馬鹿なこと言ってないで早くお風呂入ろうよ」

一登もすっかりジャックと打ち解け、「ジャックさん」から「ジャックくん」へと呼び方が変わっていた。

ジャックも地球で二人目の友人ができたと喜んでいる。

「ごめんごめん、つい——え？」

異世界では風呂に入る日課がなく、あっても水が汚い場合があったので、基本的に浄化魔法だ。

自宅の浴槽もいいが、銭湯のように大きな風呂で足を伸ばせることや、気の知れた友人と一緒に風呂に入ることを楽しみにしていた夏樹はテンションが高めだったのだが、苦笑いする一登を見て目を丸くした。

「どうしたの？」

「あ、え、うん。一登くん……お股に大蛇飼ってるの？　前に見た時には俺と変わらなかったのに、成長期さんかな？　大蛇さん成長期なのかな？」

「ちょ、変なこと言わないでよ！　クソ兄貴に比べたら誰だって大蛇だよ！　ほら、行こう！」

「あ、うん」

異世界から帰還したら幼馴染みが大蛇を股間に飼っていたという動揺を隠せない夏樹に、ジャックが肩に手を置いた。

「安心するといい、夏樹。君も日本人の平均サイズを余裕で超えている。だが、大事なのはサイズではないのさ。持久力、そして相手への――愛だ」

「――深い！　深いよジャック！　さすが婚約者がいるイケメンは違うな！」

「はははははは。やめてくれ、照れてしまう」

夏樹とジャックのやり取りを頭が痛そうに見ていた一登は、肩を組んで歌い出したふたりに背を向けて一足先に浴室に向かった。

立派な富士山が描かれた壁画に夏樹は懐かしさを覚え、ジャックは「Ｏｈ！　Ｊａｐａｎｅｓｅ　Ｆｕｊｉ！」となぜか急に外国人旅行者みたいになった。

「これだよね。やっぱり銭湯には富士山が描かれていないとね」

「だよね。日本の心！」

感動に震えるジャックだが、さすが紳士である。決してほかの客に迷惑にならないようにはしゃいでいる。

海外の人が銭湯に喜ぶのを悪く思う人はいないので、常連客たちも笑顔だ。

夏樹は久しぶりに足を伸ばせてのんびりできる風呂に入れるのでご機嫌だ。一登も心なしか嬉しそうにしている。

「よし。とりあえず身体を洗おう。シャンプーとコンディショナーは持ってきてあるぜ！」

「さすが夏樹くん！」

「ふっ、異世界で勇者でしたから」

せっかくなのでジャック、夏樹、一登の順で並んで背中を洗いあって、きゃっきゃうふふな時間を過ごす。

上から下までさっぱりした夏樹たちは、いざ、浴槽へ。

「――あつっ」

相変わらず熱めに設定されている湯の温度が心地良い。

ゆっくりと沈み、壁に背を預けて、寄りかかると足を伸ばす。

タオルを頭の上に載せると、「ふぃー」と思わず声が漏れてしまう。

隣ではジャックと一登も気持ち良さそうに湯船に浸かっている。

「あー。染みわたるんじゃー」

「小梅殿の口調になっているぞ、友よ」

「ははは」

身も心も日本人である夏樹は、湯舟に浸かる幸せを噛み締めていた。

隣のお客さんが、小さく笑う声が聞こえた。

「皆さん、お元気ですね。地元の方ですか?」

「あ、はい。もしかして騒がしかったですか? ごめんなさい」

「いえいえ。誤解させてしまいすみません。楽しそうだったのでついお声をかけてしまいました」

柔らかな笑みを浮かべ、どこか安心するような声で話しかけてきたのは、外国人の男性だった。年齢は三〇を過ぎたくらいだろうか。

痩せ細った身体に、波打つ黒髪を湯船に浸からないように頭の上で結っている。端正な顔立ちをしているが、無精髭(ぶしょうひげ)と痩(こ)けた頬で不健康そうにも見える。どちらかというと人の良さそうな印象のほうが強かった。

それより、何よりも目につくのが、頭部に巻かれた荊(いばら)だった。

(……なんだろう。知らない人なのにどこかで見たことあるような気がする。お忍びの俳優さんかな?)

「ならよかったです。俺たちは地元っす。近所に住んでいて、ときどき来るんですよ」

「どうもです!」

「こんにちは」

愛想良く話をする夏樹に続き、一登とジャックも挨拶をする。

ジャックは地元民ではないが、風呂で会っただけの人に細かく話す必要はないと思い、特に説明はしなかった。

「いいですね。私が暮らしている青森でも銭湯はあるんですが、昔と比べて減ってしまいましてね」

「あー、青森もそうなんですか」

「人も減りましたし、若い子が銭湯離れといいますか、肌を見せるのに抵抗があるのかもしれませんね。君と彼は、中学生でしょうか？」

「はい。俺が中学三年生と、こっちが二年生です。あの、なんで青森から？」

興味本位で尋ねてみると、男性は苦笑いした。

「父がこちらに住んでいまして。差し入れをするためにドライブがてら遊びに来たんです」

「へー」

「親孝行な御仁だ。素晴らしい」

「お父さん、向島にいるんですねぇ」

ジャックと一登も会話に混ざり、他愛ない話をする。

学校のこと、向島市のこと、食事におすすめの場所や、ちょっとした遊ぶ場所など、夏樹と一登が教えると、彼は嬉しそうに頷いてくれた。

そのまま一緒に上がって着替えると、四人で並んで腰に手を当ててコーヒー牛乳を一気飲みした。

「うまー！」

「ふむ。特有の味がして素晴らしい」

「銭湯ならこれだよね！」

「ふふふ。君たちと仲良くしたおかげで私まで奢っていただいてしまいました。これも主のお導きですね。君たちとの出会いと、店主殿に感謝します」

微笑んだ男性は、思い出したようにハッとする。

「そういえば、名乗りもせず失礼しました。私は青森で大工をしている……親しい者からはよっちゃんと呼ばれています。ぜひ、よっちゃんと呼んでください」

夏樹たちとよっちゃんはすっかり仲良くなった。

まだ時間があるからと近くのスーパーでカップアイスを買ってベンチに座って食べる。

夏樹はバニラ、一登はチョコ、ジャックはラムレーズン、よっちゃんは抹茶だった。

少し肌寒い風が吹くが、湯上がりの熱った肌に心地良い。

（馬鹿みたいな異世界に召喚された時は人生終わったと思ったけど、こうして地球に戻ってきてみんなとアイス食べれらるって幸せだなぁ。二度とこんな日は戻ってこないと思っていたんだけど）

正直なことを言うと、地球に帰還できたからよかったが、もしできなかったら、向こうの世界を滅ぼすくらいするつもりだった。

魔族だろうと人間だろうと、すべて平等に殺して、滅ぼして、塵にしてやるくらいのことは考えていた。

とくに異世界の人間は、生きていても死んでいてもどうでもいいくらいに嫌悪していたので、帰還できないとわかったら容赦しなかっただろう。魔族に恨みはないが、ほかの感情もない。八つ当たりするにはちょうど良い相手だった。

「よっちゃんは、これからどうするの？　よかったら、うちでご飯食べてく？」

「さすがにそこまで甘えられません。これから青森に帰らなければならないので。またこちらの街に遊びに来たときにぜひ」

「約束だよ」

「ええ、もちろんです。夏樹くんたちは、私の大切な友人ですから」

夏樹たちはよっちゃんと連絡先を交換した。

少しずつ空が暗くなってきた。よっちゃんは再会の約束をすると立ち上がる。

「夏樹くん、一登くん、ジャックくん。またお会いしましょう。……余計なお世話かもしれませんが、厳しい困難が待っていても君たちなら乗り越えられると信じています。乗り越えた先に、きっと幸せがあるはずです」

「よっちゃん？」

「ははははは。おじさんの戯言だと思ってください。大変な日々を送っていそうなので、ちょっと激励したくなってしまいました」

よっちゃんは夏樹たちと握手を交わすと、手を振り背中を向けた。

「それでは、また！」

「じゃーねー！」

「よっちゃんどの、またの再会を！」

「またねー！」

名残惜しいが別れの時間が訪れ、夏樹たちも帰路についた。

途中で、小梅と銀子と母、そしてナンシーのためにビールと菓子を買うことを忘れない。土産というが、何を買えばいいのかわからないのでわかりやすい物にした。

ナンシーはともかく、飲兵衛の三人は喜んでくれるだろう。

「…………」

夕食をともにするために、一緒に由良家に向かう一登が何か考えるように腕を組んでいた。

「どうしたの？」

何かあったのか心配で尋ねてみると、

「あのね、よっちゃんってどこかで見たことあった気がするんだよね」

どうやらよっちゃんについて考えていたようだ。

「あ、実は俺も俺も。なーんかどこかで見たことがあるんだけど、思い出せないんだよね。俳優さんかなって思ったけど、青森に住んでいるならちょっと違うかもしれないし。お父さんがこの街に住んでるなら、気付かないところですれ違っていたのかなって」

「そうかもしれないよね。でも、うーん、なんか違う気がするんだよね」

夏樹と一登は唸ってみるが、結局、よっちゃんが何者なのかわからなかった。

しかし、悪い気分ではない。

よっちゃんは良い人だ。それだけでいい。

「あ」

不意に夏樹のスマホが震えた。

「どうしたの、夏樹くん？」

「えーっと、何々？　都さんからだ」

「都さんって、水無月家という霊能力者のお家の？」

「そうそう。その水無月さん家。——げ」

嫌そうな声を出した夏樹が、スマホの画面を一登とジャックに見せる。

『こんばんは。昨日はお姉ちゃんと楽しく遊園地デートしてきました。お土産買ってきたので渡しますね。……ところで、今日、新しい土地神様がいらしてくださったのですが、なんと天照大神様でした！　水無月家大パニックです！　申し訳ないんですけど、明日の放課後、水無月家に来てください！　お願いします！』

　同級生の水無月都からのメッセージは、混乱しているのがわかった。

「……天照大神って、もしかして、あの」

「あのも何も、太陽司（つかさど）っちゃってるお方じゃね⁉」

「なんでそんなビッグネームが向島市にくるの⁉」

「はっはっはっ！　すでに月読様も、サタンも、ルシフェルも来ているんだ。俺は驚かねえ――なんてわけあるか！　くおぉら、神々！　何度も言うけど、上から来んな！　順序よく下から来い！」

　やっぱりビッグネームから現れた日本の神に届くように、夏樹はうっすらと暗くなった向島市の空に叫ぶのだった。

第四章　まもんまもんじゃね？

日曜日。

水無月家一族全員は、新しく来てくださる土地神をお迎えするために正座をして待っていた。

向島市の土地で生まれ、共に育った土地神みずちとは違い、神界から土地神として送られてくるお方に不作法などあってはならぬと全員が正装をしていた。

当主水無月茅、澪、都、星雲、雲海、八咫柊といった面々をはじめ、現役を引退した老人、長老会の人間、分家の当主と次期跡取りなど主要な人物が集まっている。

新たな土地神を拝謁したいという者は多かったが、末端の人間が押しかけては不敬になると判断され、あくまでも水無月家直系の人間と、分家の主だった人間だけが、今日、水無月家に来ることを許されている。

由良夏樹が土地神みずちとの戦いで破壊した離れはすでに修繕済みである。

先日、当主である茅当てに『那美婆』を名乗る女性から電話があり、「適当に住まいを用意してくれればそれでいい。土地神として甘やかさず、厳しくしておくれ」と伝えられた。

電話の主の正体を考えないことにして落ち着こうとするも、神を甘やかさず厳しくとはどのようにすればいいのか、と悩む。おかげで頭痛薬の一番良いやつを買って飲むことになってしまった。

――そして、今日。

水無月家に新たな土地神が降臨する。

その瞬間は、突然訪れた。

圧倒的な神気が太陽から注ぐ光のように降り注いだのだ。

いつの間にか、空に雲ひとつない蒼穹（そうきゅう）が広がっていた。

――来た。と、誰もが感じ取り、頭を下げる。

刹那、とん、とん、とん、とん、とん、とまるで階段でも下りているような軽やかな足音とともに、神特有の威圧感を覚えた。

足音と威圧感はどんどん近付き、そして、水無月家の面々の前に立ったのがわかった。

「面を上げてどーぞ」

この神は少しフランクらしい。

茅は肩の力を抜く。

神によっては、傍若無人な者もいることを知っている。

だが、この神の声音は、優しく、穏やかなものだった。

神が顔を上げるように言ったのならば、従わなければ不敬に当たる。

若干の緊張を抱きながら、土地神みずち以外の神と拝謁できる興奮を覚えて顔を上げた一同は、

「…………………………」

目を丸くして驚いた。

その理由は神の姿にあった。

どこか神々しさはあるものの、よれよれの紺色のスウェットにサンダルを履いた、ぼさぼさの髪を伸ばした二〇代半ばほどの女性だった。

水無月家の面々は、「どちらの神様だろう？」と首をかしげたが、どうにも目の前の女性と神がつながらない。

みずちと比べられないほど強く、神々しい神気を持っているにもかかわらず、分厚い眼鏡をかけた女性は、どことなくくたびれた感じだった。

なんとも言えない視線が集まる中、わかっていました、とばかりに女性は肩をすくめた。

「出迎えごくろーさんです。自分は天照大神でーす。よろしくお願いしますねー」

次の瞬間、水無月家一同から絶叫が放たれた。

「……月曜日がきてしまった」

ベッドから起き上がった夏樹は、大きくため息をついてから着替えを始めた。

学生服に袖を通すも、今日は中学校に行かず、水無月家へ向かう予定になっている。

「異世界から帰還してみたら意外にファンタジーがあたっていうのはいいんだよ。でもさ、ルシファーからはじまって天照大神って。ビッグネームすぎてお腹いっぱいっていうか、普通にファンタジーしていても簡単に出会えないっしょ！　もうこの出会いがファンタジーだよ！」

水無月家に赴く理由は、土地神みずちの代わりとして天照大神が降臨したからだ。

先日、実は神様だった月読先生から土地神として天照大神が来ると聞かされていたが、小粋な神ジョークだと思いたかった。本当に来たことを、水無月都から知らされて、絶句したのは言うまでもない。

「異世界から戻ってきて今日で八日目なんだけどな。濃いなぁ」

驚きにあふれる日々ではあるが、嫌いではない。

退屈することなんてないし、友人が、家族が増えた。

仮に、異世界に召喚されなかったら、力を持って帰ってこなかったら、こんな日々はなかっただろう。

嫌な感情しかない異世界に、少しだけ感謝できそうだった。

「……それにしてもまさか一登も一緒に水無月家に行くことになるとは思わなかった」

水無月家に向かうのには、最初は夏樹と銀子の予定だった。

当たり前だが、宇宙人であるジャックとナンシーの存在は隠したい。ジャックたちも、信頼できる人間に正体を伝えることは構わないようだが、限度はあるそうだ。水無月家の人たちが善人であっても一族の末端までが善人であるかどうかわからないのなら、警戒すべきだ。

小梅も仮にもルシファーという名の知れた天使だ。霊能力者の一族とはいえ、小梅の存在を知ったら混乱するだろうと考え、留守番をお願いしたのだが、それはもう駄々を捏ねられてしまった。

最終的に「天照大神がいるんじゃからルシファーがいても驚かんじゃろう！　そもそも名乗らなきゃええんじゃ！」と小梅が譲らないので、「それもそっか」となってしまったのは仕方がないことだ。

夏樹としても、小梅だけを家に置いていくのはどうかと思っていたので、半分くらい「もうなるようになれ」と思っている。

もちろん、こちらから率先して小梅の正体を言うことはしない。力を限界まで抑えてもらって、霊能力者のひとりとして扱うつもりだ。

そして、一番の問題だったのは一登だ。

ミカエルの息子アルフォンスが由良家からの帰路で何者かに襲われた。そんなアルフォンスを救ったのが一登だった。

巻き込まれる形で霊能力、神、魔族、おまけとばかりに宇宙人の存在を知ってしまった一登は、きちんとこの非日常を受け入れていくことを覚悟していた。

だが、根っこは中学生だ。天照大神が降臨していると知ったのなら、一目見たいと思うことは自然なことだった。

恐る恐る都に、一登に関して尋ねてみると、「関係者なら問題ないです」とあっさり返事があったので、一緒に水無月家に向かうことになっている。

なぜ水無月家が一登をよしとしたのか不明だが、考えても仕方がないのでお言葉に甘えることにした。

水無月家は迎えを寄越すと申し出てくれたが、銀子の車で向かうことにしていたので、お礼を言ってやんわりと断った。

「はてさて。どんなことになるのやら」

夏樹は少しだけわくわくしている。

天照大神といえば、日本で知らぬ者はいないだろう。

そんな神が、どのような姿をしているのか、どのような声で話をするのか、気にならないはずがない。

なんだかんだと言って、地球のファンタジーを楽しんでいる自覚のある夏樹は、緩む口元を引き締めるのだった。

食事を済ませた夏樹たちは、銀子が母親から借りてきたミニバンに乗って水無月家に向かっていた。

一登は早めに由良家を訪れ、朝食も一緒に食べている。興奮して昨日は眠れなかったようだ。

母にはちゃんと中学校に行くふりをして「行ってきます」と言い、家を出てから仕事ということにした銀子と合流しているので問題はない。

小梅は一緒に出発せず、母がパートに出かけてから窓からひとっ飛びして合流したのだ。

「ところでさ、小梅ちゃんは天照大神様って知ってるの？」

「むかーしに何度か会ったことがあるくらいじゃなぁ。もう一〇〇〇年以上会っとらんのでようわからん」

「相変わらずスケールが神！」

夏樹が小梅に尋ねると、相変わらずスケールがでかい返答がくる。

一登は小梅がそれほど長く生きているのだと知り、驚きを隠せずにいる。

運転席の銀子が「相変わらず熟女っすね」と茶化し、助手席の小梅にこづかれていた。

「ワクワクするよね。夏樹くんと学校サボったことはあるけど、まさか神様に会いにいくことになるなんて。数日前の俺が知ったら……気絶するだろうな」

「俺でも同じだよ！」

「私も同じっすね。もう慣れちゃいましたけどね！　一登くんに美人なお姉さんからのアドバイスっす！　夏樹くんと二日、三日一緒にいれば――慣れます！」

「そっか……慣れの問題なんだ。でも、そうだよね。よく考えたら、夏樹くんって前々から行動力が半端じゃなかったもんね」

銀子の言葉に一登が納得するように頷いているが、夏樹としては心当たりがない。

「え？　そうだっけ？」

「そうだよ！　クソ兄貴絡みで逆恨みした高校生一〇人をぶっ飛ばしたり、クソ兄貴が手を出した子が碌でもない子で巻き込まれた俺が怖い自由業の方に連れていかれそうになったとき全員ボコしてたし、やっぱりクソ兄貴のせいで大学のレスリング部に囲まれたときだって返り討ちにしてたし」

「日常あるあるだろ？」

「ないから！」

「というか、基本的に一登くんのお兄さんが原因っていうのが笑えないっすね」

「疫病神でも一緒にされたくないじゃろうなぁ！」

物心ついた頃から優斗に巻き込まれている夏樹にとって、一登が言ったことなど氷山の一角でしかない。

もっと面倒なことはあったし、もっと危険なこともあった。

「ははは。異世界のほうがひどかったから大したことないって」

「クソ兄貴のせいで大変な目に遭っている夏樹くんがひどいって言う異世界って最悪の世界じゃないかな？」

「少なくとも召喚も転生もしたくない世界っすよね」

銀子の言葉に、小梅と一登がうんうんと頷いた。

「そういえば、そのクソ兄貴はどうしているの？」

「あー、なんていうか、昨晩、連絡が唯一取れた女の子に会いに行くって言って出て行ったっきりなんだよね。夏樹くんの話を聞く限り、魅了ってもう効果ないんだよね？」

「魅了抜きで優斗を好きな子だっているんじゃない？」

「……あー。そういう可能性もあるのか。なんにせよ、今朝は静かでよかったよ」

夏樹としては優斗の行動は気にならない。もう気にできないのだ。

それよりも、天照大神と早く会いたくてわくわくが止まらない。

「あ、見えたっすよ。皆さんお出迎えっすね」

他愛ない話をしている間に車が水無月家に近付いており、家の前に数人の人影が見える。

水無月家当主の水無月茅をはじめ、都、澪、星雲、雲海、そして柊という夏樹の知る面々だ。

どことなく疲れた顔をしているのは気のせいではないだろう。

大物中の大物の神が、土地神として降臨したのだ。水無月家が対応に困るのは当然のことだろう。

「おはようございます。お待たせしちゃいましたか？」

車を降りた夏樹が挨拶をすると、全員が頭を下げた。

銀子、一登も慌てて下げるが、小梅だけは胸を張っていた。

「由良夏樹様、再びこうして水無月家に足を運んでくださり感謝いたします。皆様方も、こちらの事情に巻き込んでしまい申し訳ございません」

「あ、いえ、別にいいんですけど、俺にできることって何かありますか？　戦う以外に、なんの役に立つのかわからないんですけど」

実を言うと、水無月家に頼ってもらっても夏樹が天照大神を相手に何ができるのか疑問だった。倒せ、と言われたら「喜んで！」と返事をするが、そうではない。

今さらながら、不思議に思う。

すると、茅は困った顔をした。

「その、上の方が夏樹様なら大丈夫だろうと助言してくださいましたので」

「――上の方ってどなたですか⁉」

「と、とりあえず、天照大神様とお会いしていただきたいのです。天照大神様も、夏樹様をお待ちしていますので」

「俺を？」

なんで、と首をかしげる夏樹に、茅が言う。

「天照大神様は、夏樹様がみずち様をお救いしてくださったことを存じ上げているそうです」

「……まあ仕方がないか」

夏樹が出会った凪爺と、神様だった月読先生は天照大神の家族だ。話が伝わっていても無理がない。

ここで問答をしていても仕方がないので、さっそく天照大神に会うことにする。

「では、こちらへどうぞ」

茅たちに先導され、夏樹たちは水無月家に足を踏み入れる。

都や澪は、小梅の顔を見て目を見開くほど驚いていたが、正体がわかったことよりも信じられないほどの美女がいることのほうにびっくりしたのだと思われる。

さらに都と一登はお互いに見覚えがあるようで、お互いに「どうも」と挨拶をしていた。

星雲と雲海は銀子を見て「……青山の問題児がいるぞ」とこちらもどうやらお知り合いのようだった。

数日ぶりに来た水無月家は、夏樹が一部破壊したままだった。

だが、みずちがいた場所だけは修繕されていて、しっかりとした造りの離れが出来上がっている。

「おっと」

近付いただけで跳ね飛ばされてしまいそうな力を感じた。

神力もそうだが、存在感がとてつもない。

(……しかも、一定の力がなければ気付けないほど格上だ。なるほど、これが天照大神か。さすがだ)

まだ見ぬ神の存在に、冷や汗をかいた。

異世界では、すべての元凶であり星の支配者を名乗る魔神と戦い、殺したが、天照大神ほどの力はなかった。

神殺しをしたからといって傲慢になった覚えはない夏樹だったが、天照大神の凄まじい力に気を引き締め直す。

(真面目な話、敵対関係じゃなくてよかったわ。今の俺じゃ、逆立ちしても勝てないかもしれない)

同じく力を感じている銀子の顔色も少し悪い。

小梅も天照大神の力を感じ取っているはずだが、平然と鼻歌を歌っている。さすがルシファー一族だ。

「こちらに天照大神様がお待ちです。お呼びいたしますので、しばしお待ちください」

「あのー、仮にも天照大神様なんですから、俺たちが伺わなくていいんですか?」

離れの前に夏樹たちを待たせ天照大神を呼んでこようとする茅に、夏樹は慌てて声をかけた。

しかし、茅は少し困った顔をして首を振った。

「夏樹様たちが到着なされたら、必ず呼ぶようにと言われていますので……しばしお待ちください」

そう茅に深々と頭を下げられてしまうと、夏樹もそれ以上何も言えなかった。

顔をあげた茅は、天照大神のいるであろう離れに呼びに行ってしまう。

「なーんで、わざわざ？」

「きっと部屋が汚なすぎてイメージダウンするから呼べんのじゃろう」

「いやいや、小梅さん。さすがに天照大神様が汚部屋に住んでいるとかありえないっすから。仮に、そういうお方でもご降臨して数日で人を呼べないほど部屋を汚せないでしょう。私が思うに、まだ整理整頓できていない、人には見せたくない趣味があるからっすよ」

「俺様はさておき、銀子は不敬すぎるじゃろう。仮にも日本のビッグネームじゃぞ」

「私は特定の神を崇めたりしませんので」

「俺様のことは崇めてもいいんじゃぞ？」

「家族で友人である小梅さんを崇めたりしませんって」

「う、うむ。言ってみただけじゃ」

銀子と小梅のやりとりに夏樹がほっこりしていると、離れにあった神気が動いた。

同時に、茅の「ほ、本当にそのお姿で出られるのですか？　袴(はかま)を用意してございますが」と慌てた声が聞こえる。

はて、と夏樹が首を傾げていると、ガララ、と離れの扉が開く音がして、

「――は？」

中から上下スウェットの女性が現れた。

目を点にする、夏樹たちを前に、女性は名乗った。

「こんにちはー、天照大神でーす」

（……こいつ、偽物じゃね？）


「わざわざ来てもらってすんません。自分、神っぽくないみたいで。いや、わかっているんですよ。スウェット標準装備の神なんかいねーよ、なんなら魔族だっていねーよ、とツッコミたいでしょうね。でもね、ここにいるんすよ。天岩戸（あまのいわと）だってスウェットあったらずっと引きこもっていられましたから。ゲームがあったら、現代まで出てこなかった自信あります」

「うん。世界は闇に包まれるよね！」

天照大神の私服にびっくりした夏樹たちだが、こんな感じの人はたくさんいる。

ただ太陽神がこれでいいのか、と思わずにはいられないが、太陽神だってスウェットが好きでいいじゃないと思うことにした。

（それにしてもさすが天照大神だぜ。まるで俺たちと変わらない自然なスウェット姿だ）

「いやー、君が例の少年なんですね。可愛い顔してなかなか強いですねぇ。月読とはすでに知り合っているようですけど、もうひとりの愚弟とは関わんないほうがいいですよ。あの脳筋クソ愚弟は絶対喧嘩しようぜとか絡んできますからね。嫌だとか言っても無理やり襲ってくるかもしれねえです」

「きっと素戔嗚尊だよね！　さすがに俺、素戔嗚尊と喧嘩したくないんですけど！」

「クソ愚弟にそれが通用するといいですねぇ。最悪、月読を頼ってくださいな」

「そうします」

さっそくとばかりに夏樹と会話をする天照大神。

銀子は「あれ？　同級生の照子ちゃんにそっくりっていうか、本人じゃないっすか⁉」と目を丸くし、小梅は「こいつなーんもかわっとらんなぁ」と呆れ顔、一登は「んん？　脳筋クソ愚弟って言い方どこかで」と呟いている。

水無月茅は笑みを作ろうとして失敗しているし、都と澪もどういう顔をしていいのかわからないようだ。星雲と雲海に至っては、自分たちの中の天照大神像が破壊されているようで乾いた笑いしか出てこないようだ。

「それで、どうして俺を？」

「それです！　自分、土地神業務をすることになったんっすけど、水無月さん家にいろいろお願いしたいことがあって。でも、なんというか頼みづらいんすよね」

ちょいちょい、と手招きされて夏樹と天照大神は、みんなから少し離れた場所にしゃがんだ。

「あんまり催促みたいなことをしたくないんですけど、奉納的なものがほしいんです」

「ご飯とか？」

「いやいや、さすがにご飯は何も言わずに食べさせてもらいましたよ」

「あ、そっか。昨日くらいに降臨してるんだもんね」

「ご飯は美味しかったんですけど、きっと前任さんが質素な方だったんですね。大豆系のおかずばかりだったんです」

「ヘルシーでいいじゃない。俺の見たところ、スウェットの下は……」

「おっと、少年。いけませんよ。それ以上言うと、秘密組織に消されますよ？」

「秘密組織いるの⁉」

「そんなことはどうでもいいんです。古代日本ならさておき、現代日本で生活するのなら、魚や肉も食べたいです。ハンバーガーとかポテトも食べたいです」

「……いいのか、神様？」

「いいんですよ！　月読だって毎日お手製のお弁当作ってＳＮＳにアップしているんですから！」

「月読先生そんなことしてるんだ。あと、自炊してるのね」

「クソ素盞嗚尊なんて毎日高級ステーキっすよ！」

「良いもの食べてるなぁ、素盞嗚尊！」

「ですから、自分にもお腹にたまるものを出してほしいとお願いしてください」

「自分で言いなよ」

「無理ですって。それじゃなくてもスウェットで降臨して『うわ』みたいな顔されちゃっているのに……」

「じゃあ、ちゃんとした格好でくればよかったじゃない」

「スウェットって最高じゃないですか！」

「あー、なんかわかるー」

「あとですね、ついでにお酒が欲しいんです。あとネット環境っすね。テレビとゲームは自前のがあるんで、問題ないっすけど、やっぱりネットはお願いしないと」

「引きこもる気満々じゃねーか」

「言っておきますけど、これでも名のある神ですから、土地神業務なんて片手間ですって。前任さんは人間に肩入れしていましたけど、普通は最低限のお仕事でいいんですよ。残った時間は、ゲームしながら菓子食って酒飲んでのんびりです」

「うわぁ」

「自分だって働きたくなかったんですよ？　でも、パパとママが働けって。本当は神域に引きこもってネットゲーム三昧だったのに」

「うわぁ」

「いえね、一応、ときどき、あ、このままじゃやベーなー、と思って女子高生や、ＯＬしたこともあるんですけど。やっぱ引きこもるの最高っすよ」

「うわぁ」

「もう、うわぁ、しか言ってないですけど？」

「それしか言えないんだよ！」

「中学生に引かれる自分……でもそんな自分が嫌いじゃない。んじゃ、引かれたついでに、奉納はお酒もお願いしてほしいとお伝えしてください。基本は糖質オフのビールがいいんですけど、ウイスキーと炭酸もお願いします」

「糖質気にする神様って嫌だなぁ」

「君もおっさんになればわかりますって。あとですね、週末や月末とかはちょっといいウイスキーとか、芋焼酎とか奉納してくれると自分的には嬉しいです」

「もうゲームして飲んで、ダラダラする気満々じゃん！」

神様ってやりたい放題だなぁ、と夏樹は顔を引き攣らせている。

これで単純な力は自分の数倍以上あるのだからやっていられない。

「……それにしても、女神様とこんなに接近しているのにまったくドキドキしない」

「悪かったですね！　それに、自分には運命の王子様がいるんで、彼氏募集中ではないんです！」

「王子様って」

「毎日、ゲームの中で挨拶するんですよ。自分はクソ愚弟に悩んで、彼はクソ兄貴に悩んでいることで意気投合しちゃったんです。知り合って一年くらいですかね。そろそろ相思相愛じゃないですか」

「すげーどうでもいいですぅ」

「……自分の恋バナさえ聞いてもらえない」

「あ、すみません。お詫びといってはなんですけど、異世界でドワーフ族からぶんどったお酒があるんですけど」

「――はい、加護ー！」

「あげるなんて言ってないですけどね」

「加護剥奪ー！」

「嘘ですって。はい、どうぞ。俺はお酒に興味ないんで」

酒の入った陶器をアイテムボックスから取り出して渡すと、天照大神は嬉しそうに頬擦り(ほおず)する。

「いやぁ、異世界のお酒なんて初めて飲みますねぇ。今晩楽しませていただきます」

お酒好きな小梅や銀子に飲ませてあげてもいいかなと思っていたのだが、異世界の酒で何かあっても困るので隠していたのだ。天照大神なら大丈夫だろうと特に考えなく渡してしまった。

（えっと、とりあえず肉と酒を奉納してくれって俺が言わなきゃならないんだけど、言いづれぇ！

魔王ぶっ飛ばすほうが楽だぞ！）

こちらを心配そうに見つめている水無月家の皆さんに、どう説明したものかと夏樹は頭痛を覚えるのだった。


水無月家の応接間に移動した面々。

ぴこぴこゲームをしている天照大神を放置して、夏樹は水無月家の面々に天照大神の要望を伝えた。

「……つまり、お腹に溜まる食事と、お酒を奉納させていただければそれでいいのでしょうか?」

「あとネット環境です。一番重要みたいです」

「……わ、わかりました。お酒とネットは詳しくないのですが、なんとかしてみます」

茅はできるだけ天照大神に視線を向けないようにしながら、なんとか声を絞り出している。

当たり前だが、先代土地神みずちはこんなしょうもない要求はしてこなかったのだろう。

星雲相談役は「まあ、神様にも嗜好品は必要だよな」と納得しているようだが、雲海は「………」

沈黙を続けているものの額に青筋が浮かんでいる。そろそろ限界かもしれないが、相手が相手なだけに必死で我慢しているようだ。

都と澪は夏樹への土産を渡すために、部屋に取りに行っているのでこの場にはいない。

「にしても、この女神は本当に土地神業務ができるんか？　こんなんに任せるくらいなら、土地を放置していたほうがマシじゃろう。こやつと比べたら、末端の神のほうがよほどありがたみがあるじゃろうて」

「………」

小梅が天照大神にそんなことを言うと、彼女は携帯ゲーム機から顔を上げて、まじまじと小梅の顔を見る。

「……なんじゃ？　やるんか？」

「もしかして、小梅さんじゃないですか？」

「気付いとらんかったんか！」

「いやいや、気付かないですって。自分と会ったときには、可愛らしいお嬢様だったのに、なんでこんなことに……遅い反抗期ですか？」

「クソ親父のせいでいろいろあったからのう！　そりゃ反抗もするじゃろうて！」

「あー。自分が引きこもるのと一緒ですねぇ」

「おどれと一緒にすんな！」

夏樹は額に手を当てて天を仰いだ。

せっかく小梅の正体を隠そうと力を抑えてもらっていたのに、天照大神と知り合いということがバレてしまい水無月家の面々が目を丸くしている。

天照大神と小梅が会ったことがあると聞いていたのだが、向こうが小梅に関わってこなかったのでこちらを察して気付かないふりをしてくれているのかと思っていた。しかし、そんなことはなかった。

「……改めて昔の小梅さんがどんなだったか気になりますよね」

「うん。超気になる」

左隣にいた銀子が耳打ちしてきたので、夏樹は深々と頷く。

「あ、あの、夏樹様……そちらの美しい女性は……まさか」

「……ええ、まあ、人じゃないです」

「その、お名前をお聞きしても問題はないのでしょうか？」

夏樹が小梅を窺うと、彼女は胸を張ってキメ顔をした。

「ルシファーさん家の小梅様じゃ！」

「ルシファー!?」

「一応、誤解のないように言っておきますが、魔王ではなく天使のルシファーさんです。魔王は小梅ちゃんのお父さんです」

「……る、ルシファーで魔王とは……まさか」

「サタンさんです」

茅、星雲、雲海が、深々とその場に平伏した。

恭しく頭を下げられた小梅は、なぜかご満悦だ。

「うむ。苦しゅうない、面を上げい！」

「――はっ」

「俺様はルシファーだが、今は由良さん家の可愛い小梅ちゃんじゃ。天使は休業中なんじゃから、そのつもりで頼むぞ。ただ、この女神に言うことを聞かせたいのなら、気軽に頼んで来ればいい。俺様は、日本の神々と違ってやりたいようにやるからのう！」

「……何かございましたら、ぜひにお力をお貸しくださいませ」

「おう！」

その後、話は進む。

お酒に関しては、銀子が通う酒屋を利用してもらうことになった。

飲兵衛な銀子と小梅がこっそり天照大神と話をして、どんな銘柄が良くて、どんな酒が好みなのか話をしてくれたので、注文しておくという話になった。

茅は酒を飲まず、星雲相談役と雲海老人は日本酒が好きなようで洋酒はあまりわからないので、任せてくれるそうだ。

ネットは、水無月家にも引いてあるようで、都と澪が機械に疎い母に代わりプランを決めてあるそうだ。ネット回線に関しては姉妹に放り投げることにした。

「あの、すいません」

そろそろ話も終わりかなという頃、一登が恐る恐る手を挙げた。

「どうかしましたか、三原様」

「あー、その、天照大神様にお尋ねしたいっていうか、話しかけていいのか悩んだんですけど」

茅が天照大神を窺うと、彼女は「どうぞー」と返事をした。

「さっき、クソ脳筋愚弟って言っていましたよね」

「……え、あ、はい。言ってましたね。いるんですよ、クソ脳筋愚弟の素戔嗚尊とかいうのが。お嫁さんはしっかりした素晴らしい方なんですけど、よくまー、あんな男に惚れたのかって感じで」

「やっぱり」

「え？　なんです？」

「もしかして、ゲームの中で照子ちゃんって名前じゃないですか？」

「……なぜ自分の魂の名を」

「俺、カズくんです」

「――――え？」

天照大神が硬直した。

夏樹たちは意味がわからず、はて、と首をかしげる。

「ゲームの中でも話していたし、普段もメッセージで話しているんだけど、合っていますよね？

よくクソ脳筋愚弟って言うから、もしかしてって思ったんだけど」

「……ま、まさか、クソ兄貴に迷惑かけられているカズくん？」

「う、うん」

どうやらふたりはゲームを介した知り合いのようだ。

世間は狭いというが、狭すぎる気がする。

「おい、この駄目女神が急に雌の顔をしたんじゃが」

「急に雌顔になった女神にどう反応すればいいんすかねぇ」

「ふたり揃って言わなくてもいいから！」

まさかとは思うが、先ほど天照大神が「王子様」と言っていたのは一登かもしれない。

春の暖かな陽気のはずが、夏樹は冷たい汗を流した。

次の瞬間、

「ぎゃぁあああああああああああああああああああああ！」

天照大神が女神とは思えない絶叫を放った。

水無月家の応接間に神々しい光とともに、赤と白を基調とした、派手さはないが上等な布で縫われた、巫女服のような衣装に身を包んだ女神が降臨した。

腕から背にかけて、薄手の羽衣を纏い、彼女がひとつ動くたびに、しゃらん、と鈴の音が鳴る。

「皆様、はじめまして。わたくしは、天照大神です。ごきげんよう」

「…………」

「…………」

「…………」

「…………」

「…………」

「…………」

先ほどまでスウェット姿だったはずの天照大神は、絶叫の後「ちょ、ま」とか言いながら部屋から逃げ出すと、急に女神みたいな格好になってまるで今までの出来事がなかったかのように取り繕(つくろ)って降臨した。

夏樹をはじめ、水無月家の方々までが、「お前がつっこめよ」「嫌だよ」と目配せしている。

「ご存じの方もいらっしゃるでしょうが、わたくしは太陽神であるゆえ、神々しさが三割増かもしれませんが、お気になさらぬようお願いします」

うわぁ、と夏樹が顔を引き攣らせる。

どうやら天照大神と一登が知り合いだったようだが、さすがの太陽神も愛用のスウェットを装備した姿を、少し気があった少年に見られたのはショックだったのだろう。水無月家の人にまで、初対面のノリで無理やり話を進めようとしている。

いつもは軽快なツッコミをする銀子でさえ口を開けていて、小梅も「ないわー」という表情を隠さずに唖然としていた。

水無月家なども っと悲惨だ。当主の茅は、相手は仮にも太陽神であるため指摘しようにも何も言えない。星雲は、天照大神が中学生に懸想(けそう)している可能性に目を白黒させており、雲海に至っては目を白くして意識を半分ほど飛ばしていた。

この場にいなかった都と澪がさぞ羨ましいだろう。

「水無月家の皆様にもご挨拶を。父、伊邪那岐命の命により土地神としてこちらに参りました。以後、よしなに」

「は、はぁ」

「緊張せずともよいのですよ。わたくしは、太陽神。皆様の傍に寄り添い、お力を貸すことが最上の喜びなのです。何か困ったことがありましたら、そうですね、親戚のお姉さんに頼るような感覚で声をかけていただければと思います」

「あ、ありがとう、ございます」

「うふふ。お礼なんて。わたくしは天照大神。人々のために働くことこそ、喜びなのです」

（これツッコミ待ちなのかな？　あと、これだけ取り繕えるなら最初からしろよぉ！　神様に夢持たせてくれよぉ！　あと、地味に、一登ってすごいよね！　こんな状況でもニッコニコだよ！）

水無月家の人が、引き攣った笑顔を浮かべて耐えているのに、夏樹が我慢できずに突っ込んでしまっていいのか、と悩む。

だが、ツッコミたい。

ツッコミたくてしょうがない。

そんな時だ、

「だぁあああああああああああああ！」

小梅が限界に達した。

「今さら取り繕っても遅いんじゃっ、このボケェえええええええええええ！」

この場にいる者の気持ちを代弁してくれた小梅に、夏樹たちはとてもすっきりした顔をした。

「だって、まさかネット上とはいえプライベートで仲良くしている男の子と、こんなタイミングで出会うなんて思ってもいなかったんです。もっというと、中学生だったなんて。チャットしたりお話したりしたくらいで捕まらないですよね？」

「あのさ、太陽神が国家権力にビビらないでくれます？」

スウェット姿に戻った天照大神が、一登をちらちら見ながら言い訳をしている。

夏樹個人としては中学生が大人と付き合っても、ちゃんと好き同士ならいいと思っている。だが、天照大神と一般中学生を一般的な交際のカテゴリーに括っていいのかどうか悩む。

「というか、おふたりは会ったことはないみたいだけど、ネット上で顔を合わせたこともないんだ？」

夏樹はあまりネットゲームなどはしないが、その気になれば携帯やパソコンでチャット通話ができることや、顔を突き合わせて話すこともできることくらい知っている。

ふたりは首を横に振った。

「知り合ったっていっても、俺と照子ちゃんはあくまでもゲームと、ちょっとプライベートでメッセージのやり取りをするくらいだったから。たまに電話して、お互いの親族の愚痴も言っていたけど、特別顔を見せ合おうなんて思わなかったよね」

「そ、そうですね、興味がなかったと言ったら嘘になりますけど、こんなだらしないおばさんだと知られたくなくて」

「……じゃあ、もっとしゃんとすればいいのに」

つい夏樹がぼそっと呟くと、一登以外が「うん、うん」と同意するように頷く。

「さーせん」

あと、せっかく身なりを整えたのに、なぜスウェットに再び着替えたのかも気になる。が、もうスルーしておくことにした。

「世の中って不思議だよね」

一登が苦笑いして、みんなの視線が向く。

彼は、特別、天照大神に引く素振りもなく、いつも通りの自然体だった。

「一昨日、霊能力者とか、神様とか魔族とかに巻き込まれたと思ったら、仲良くしていた照子ちゃんが神様っていうか、天照大神様かぁ。もう、すごいなぁって感想しかないよね」

「あ、あの、カズくん」

「はい？」

「げ、幻滅しましたよね？」

恐る恐る尋ねる天照大神。

誰もが、ごくり、と唾を飲んだ。

特に水無月家にとっては、天照大神とのこれからがある。一登にはできることなら、嘘でもいいから褒めちぎってくれ、と願っていた。

だが、一登の返答は夏樹たちが予想しないものだった。

「幻滅？　なんで？　照子ちゃんはそのままが素敵だよ」

「ふえ?」

「神様っていうのにはびっくりしたけど、そのくらいかな?　俺と話をしていたときと変わらない、少しお茶目で、かわいい人だと思うよ!」

(一登くんすげー)

夏樹は感動した。

天照大神の言動と姿を見て、ありのままを受け入れることが中学二年生にできるだろうか。否。中学生なんて、どうしても外見を重視する子が多いはずだ。

しかし、一登は違った。貞操観念の緩い兄を持っているせいか、外見でしか女性を選ばない兄の言動を見ているせいか、決して他者を上辺ではなく、ちゃんと中身で見る良い子だった。

「――え?　何この子、神ですか?　尊い、しゅき」

「いや、神様はあなたっすけどね。でも気持ちはわかります。見た目も言動も可愛い男の子は神っす!　まあ、自分にとっては夏樹くんっすけどね!」

「さすが銀子ちゃん」

「ふふふ、やっぱり照子さんだったたっすね。照子ちゃんも変わってなくて何よりです。高校時代、伝説の同人誌を一緒に創っただけはあるっすね」

「ふひひ」

「ぐへへ」

何やらシンパシーを覚えたような銀子が、鼻血を垂らしていた天照大神と握手を交わす。

「こいつらきんもー！」

引いている小梅に、つい同意しそうになってしまったが、夏樹は必死に耐えた。

「………それで、この収拾は誰がどうやってつけるの？」

夏樹が、天に祈ったときだった。

「大変申し訳ございませんが、勝手にお邪魔します。身内がお馬鹿なことをしていると報告があったので、叱りにきました」

水無月家の応接間の襖が勢いよく開くと同時に、夏樹の中学校の先生であり、天照大神の弟である月読命が、額に青筋を浮かべて現れた。

「――神降臨！」

夏樹は万歳して、月読の登場を喜んだ。


「蓮、悪いが、予定を早めて動き出すぞ。まもんまもん」

「マモンさん？」

向島市から少し離れた街で、マモンが買った一戸建てに、小林蓮は同居していた。

蓮だけではない。彼が今まで保護していた、霊能力を持った行き場のない子どもたちも一緒だ。子供たちが広い庭で笑顔でキャッチボールやサッカーをしている声を聞きながら、エプロンを付けた蓮とマモンは晩御飯の支度をしていた。

「まもんまもん！　向島市に、小梅の近くによりによって天照大神が降りてきやがった。あの引きこもりの女神が……俺がちょっかい出そうしているのを気付かれた可能性がある。まったくやってられないぜ、まもんまもん」

「なるほど。相手も警戒しているってことなんですねぇ。まもんまもん」

今日の晩御飯はハヤシライスだ。

市販のルーを使っているが、ごろっとした野菜と、とろけるほど煮込んだ牛すじ肉をふんだんに入れてある。

マモンは隠し味にワインを入れたかったようだが、子供ばかりなので、酒類は控えてコンソメと醤油を少し。

あとは、しっかり煮込めばコクのある美味しいハヤシライスの出来上がりだ。

白米はすでに炊けている。ツヤツヤの、大粒な白米だ。

蓮も子供たちも、最初こそ温かい食事、住まいに戸惑ったが、すぐに慣れた。

子供はマモンのことをマモンおじさんと呼んで懐いており、「まもんまもん」と何かあるたびに口にしてしまう癖がついてしまっている。

「マモンさんはサタンさんをぶっ殺して、サマエルさんを魔王にしたいんだよね？」

「まもんまもん」

「なら、サタンさんを直接ぶっ殺せないの？」

「それができたら苦労しないまもんまもん。俺は強欲な魔族だが、勇敢な魔族でもある。しかし、サタンは魔界を統一して魔王に君臨してからやる気なし男になってしまった。まもんまもんと挑んでも奴はのらりくらりとかわしてしまう」

「あー。それで娘さんを？」

「一応、婚約者候補なのでな。利用できる者は利用させてもらうまもんまもん。サタンは小梅にだけはまもんまもんと甘いからな。しかし、俺は強欲な魔族だが、紳士な魔族でもある。小梅は利用するが、傷つけるつもりはないまもんまもん！」

「まもんまもん、だね」

「まもんまもん、だ」

話をしている間に、ハヤシライスが出来上がった。

子供たちのお皿を用意すると、米とルーを盛り付けていく。もちろん、サラダも忘れない。子供たちは生野菜独特の青臭さを嫌うので、ポテトサラダを選択している。もちろん、スーパーで買ったものではなく、ちゃんとじゃがいもを茹でるところから始めている。

「あのさ、マモンさん」

「まもん？」

「サタンに喧嘩売るのはいいんだ。僕もいろいろこの世の中に思うことはあるから、恩人のマモンさんと一緒に最後まで戦う覚悟はしている、でも――」

「まもんまもん。みなまで言うな。わかっている。俺は強欲な魔族だが、察しのいい魔族でもある。子供たちが気がかりなのだろう？　わかっている。子供たちは俺が信頼できる者を後見人にしておこう。力の制御ができるようになれば、普通の子供と変わらず学校にもまもんまもんと行けるようになるだろう」

「ありがとう、マモンさん。本当に、ありがとう」

「気にすることはない。俺はお前に言った。俺を利用しろとな。俺はお前に対価を支払うだけだ。まもんまもん」

「ありがとう、まもんまもん」

「まもんまもんまもん」

「まもんまもんまもん」

まもんまもん言っていると、茹でたいんげんを皿に盛り付けていた少女が「もう、我慢限界！」と叫んだ。

「だーっ！　もうさっきからまもんまもんうるっさいのよ！　あんたら、普通に会話もできないの⁉　というか、自分の名前を語尾にするとか、意味わかんない！　まもんまもん！」

「そういえば、この子はマモンさんの子供？」

「まもんまもん。俺は強欲な魔族だが、純真な魔族でもある。よって、この娘は不愉快ながら協力者だ」

「協力者ってことは……うーん、ちょっと変な感じがするけど、魔族さん？」

「ぶっぶー！　女神でーす！　愛を司る女神でーす！　名前はまだないからぁ、愛ちゃんって呼ばせてあげる！　まもんまもん！」

すっかり愛の女神にも「まもんまもん」が刷り込まれてしまったようだ。

月読命やルシフェルが警戒する、新しい神々の一柱である「愛の女神」は、マモンの協力者だった。

とはいえ、特別力を貸しているわけではない。

向島市の情報などを届けてくれるのだが、互いに利用し合っている関係だった。

新たな神々の目的は、古い神々や魔族を排除することだが、すべてを排除するつもりはないようだ。

マモンはあくまでも利害の一致で協力しているが、彼女たちに与したわけではない。しかし、ほかに新しい神々とつながっている神や魔族がいる。

その大半が、大した立場や力がないため、新しい神話で名を売ろうと企む、神や魔族の中では雑魚のような存在だ。しかし、手数がない新たな神々にとっては貴重な手駒らしい。

「私も仕込みは終わったから、楽しみにしていてねー」

「まもん！　貴様程度の神がどんなことができるのか楽しみだまもんまもん。では、楽しい食事としよう。俺は強欲な魔族だ。これが最後の晩餐だとは言わない。小梅を捕縛し、サタンを倒して玉座から引き摺り下ろし、サマエル様が魔王になった暁には――林檎を隠し味にしたカレーを作ろうではないか！　もちろん、甘口のな！　まもんまもん！」

「まもんまもん！」

「まもんまもん！　って、やめてくんない！　つられちゃうんだけど！」


水無月家の応接間にて、月の神である月読命が正座をする太陽神天照大神の前で仁王立ちして、説教中だった。

「天照……いい年をしたあなたにこんなことは言いたくありませんが、姉として、いいえ、太陽神としてもう少ししゃんとしていただくことはできないのでしょうか？」

「さーせん」

「謝罪はごめんなさい、か、申し訳ございません、と言いなさい。せめて、すみません、でしょう。なんですか、さーせん、とは。最近の中学生だってそんな言葉を使いませんよ」

「さー……いえ、ごめんなさい」

再びさーせんと言いそうになって月読に睨まれた天照大神は、取り繕う様に謝罪をした。

「昔から、あなたが繊細であることは知っています。苦労もあったでしょう。しかし、時々女子高生やらOLやらできるんですから、引きこもるのはやめなさい」

「だ、だけどね、月読」

「失礼。責めているわけではないのです。引きこもるのも、それで天照の心が楽になるのなら構いません。私は母と違い、その辺りに理解はあるつもりです」

「――月読！　さすが自分の可愛いほうの弟！」

「しーかーしー！　毎日遅くまでゲームして、酒飲んでジャンクフードばかり食べて、挙句の果てには掃除もしなければ、風呂にも入らない、着替えだってしない。なんですか、そのスウェットは！　母が心配していたので、もしやと思っていましたが、まさかお世話になる水無月家にそのまま行くとは……」

「可愛いほうの弟は小言が多い！　可愛くない弟は、そんなこと気にしないのに！」

「あれと一緒にしないでください。といいますか、あんな現代社会どころか神代(かみよ)の時代でさえ適合できない蛮族みたいな素戔嗚尊が働いているというのに、もう少ししゃんとしましょう」

「……あの、さっきから自分のこと暴露しすぎというか、もう神として水無月さん家(ち)のみなさんや、カズくんたちの顔をどうやって見ればいいのかわからないんですけど」

夏樹と一登も、教師としての月読が生徒を叱るところを見たことがあるが、ここまで長く叱っているのを知らない。

きっと家族だから気やすいというのもひとつの理由なのだろうが、弟なりに現状の姉に思うこともあると考えられた。

「あー、お茶がうまい」

だが、夏樹はあまり気にしない。

ご家庭の事情に口を挟んでも良いことがないのは異世界で経験済みだ。

あれは、異世界のとある貴族の家で、娘の教育方針で夫婦が喧嘩しているときだった。まだ異世界で数ヶ月しか生活していなかった夏樹は、幼い娘の前で罵(のの)り合う夫婦を止めようとしたのだが、そのとき、妻が子供は托卵(たくらん)だったということを暴露してしまったのだ。あのときの空気は今でも忘れ――てしまったが、異世界の貴族は過激なようで、その場で剣を抜くと夫は妻と娘を斬り殺してしまった。

妻は自業自得だが、娘はかわいそうと思い、まだ息があったので回復してあげたのだが、その後修道院行きが決まった際「余計なことしやがって」と唾を吐かれたのはいい思い出だ。これをきっかけに、異世界人への嫌悪が深まった。

そんなわけで、夏樹はのんびりお茶を飲むだけ。

「すみません、お茶をおかわりー」

「夏樹くん、相変わらずメンタル鋼っすね！　あ、私もお願いしますー」

「銀子も負けとらんじゃろう。あ、俺様は茶菓子も追加じゃー」

「……いやいや、三人とも同じだよ」

太陽神が月の神に叱られている姿をスルーして、お茶とお茶請けをおかわりできる胆力に、さすがに一登も声を上ずらせていた。

だが、かわいそうなのは水無月家の皆さんだ。

さすがに神と神の話に割って入れないし、天照大神の叱られっぷりに、気まずくて今後どう接すればいいのかわからないだろう。

見かねた一登が、

「あのー、月読先生、そろそろ」

と、助け舟を出すと、天照大神はもちろん、水無月家の皆さんからも救世主を見るような目で見られた。

「……失礼しました。家族の話を、よそのお宅でするものではなかったですね。久しぶりに顔を合わせたのでつい。申し訳ございません」

頭を下げる月読に、水無月家一同は慌てた。

「いいえ、そのようなことは。わたくしたちは天照大神様にお世話になる身ですので、こちらのことは気にせずにいていただければと思います」

「水無月茅殿。お気遣いくださり感謝します。今までに、何度か教師と生徒の保護者としてお会いしたことがありましたね。もう隠すことも難しいので明かしますが、天照大神の弟である月読命です」

「――まさか月読命様が向島市に、それも中学校にいたとは……気付かず申し訳ございません」

茅だけではなく、月読の存在に気付かなかったのは、夏樹たちも同様だ。

顔を上げた月読は苦笑した。

「いいのです。神がその気になったら人は気付けません。特に私は、悲しいことに目立たないことに自信があるのです。ごほんっ。それはいいのです。私は土地神ではありませんし、姉と違い、それなりにやることもありますが、相談などはお受けしますので、気軽におっしゃってください」

「よ、よろしいのですか」

「はい。きっと姉がいろいろご迷惑をおかけするでしょうから、フォローはさせていただきます。必要があれば、私の力も貸しましょう」

「ありがとうございます！」

月読命という力強い神のフォローを約束された水無月家は、全員が感謝をいっぱいにして深々と頭を下げるのだった。

「実の弟に、土地神という立場を寝取られた件」

「いや、寝取られてはいないでしょ！　つーか、どうやって立場を寝取るの⁉　もっと言うと、月読先生に怒られたのに全然懲りてなくね⁉」


水無月家の玄関にて、夏樹たちは茅たちに見送られていた。

「夏樹くん……都と仲良くなれたのは、君のおかげ。土曜日は楽しかった。どうもありがとう」

「夏樹くん、ありがとう！　一登くんも、また学校でね」

「突然、俺までお邪魔しちゃってすみませんでした」

「うん。都さん、澪さん、お土産ありがとうね。また学校で！」

姉妹と挨拶を交わすと、続いて水無月茅と八咫柊が深々と礼をした。

「由良夏樹様、青山銀子様、ルシファー・小梅様、そして三原一登様。本日は、水無月家のためにご足労どうもありがとうございました。とくに夏樹様、一登様は学校をお休みしていただく形になって申し訳ございません」

ひとしきり天照大神への説教をした月読命が「仕事があるので帰ります。天照大神、ちゃんとしてくださいね。夏樹くん、一登くん、都さん、特に用事がなければ午後からでも学校に来てくださいね」と言い残して学校に戻っていった。

天照大神は、月読に絞られたことや、一登に醜態を見せたことが応えたのか、とりあえず身だしなみを整えるためにお風呂に向かってここにいない。雲海老女は、天照大神と共に風呂場にいる。星雲は、「月読命様はああ言ったが、風呂上がりに一杯くらい飲みてえだろう」とビールの準備をしているので、ここにはいない。

しかし、「えーっと、なんかいろいろすんません」と謝罪し、一登に変わらずやりとりをしてほしいとお願いしていた。

そして、夏樹たちも水無月家を後にすることにした。

茅は「昼食でも」と言ってくれたのだが、遠慮することにしたのだ。

「いえいえ。俺も水無月家にはお世話になると思いますし、お互い様ってことで」

「そう言っていただけると嬉しいです。こちら、手渡しで申し訳ございませんが、本日の謝礼です」

「……え？」

水無月茅から手渡された封筒は厚みがありずっしりしていた。

「えっと、これは、お金ですよね？」

「本来なら口座に振り込ませていただくのですが、不作法で申し訳ございません」

「いやいやいやいや、渡すなら俺じゃなくて月読先生に渡してくださいよ！」

「月読命様にはお断りされてしまいました」

「じゃあ、俺たちも」

「いいえ、夏樹様たちは水無月家からの要請で本日来ていただいています。謝礼なしとはいきません」

「す、すみません、ちょっとタイム。全員集合！」

「はい？」

夏樹たちは、水無月家の方々から少し離れて円陣を組んだ。

「はわわわわわ、やーだー！　これ、絶対立つって！　一センチあるもん！」

「……あのさ、夏樹くん。お金が一センチって……一〇〇万円じゃ」

「一〇〇〇円札でも一〇万円だよぉ」

恐る恐る中身を一登と確認してみると、一〇〇〇円札ではなく、一万円札が入っていた。

しかも、新札で、帯が巻いてあるやつだ。

「ど、ドラマでしか見たことないんだけど」

「俺もだよ」

「と、とりあえず、一登、これで俺のほっぺたを叩いてくれ」

「そいや！」

――ぱんっ。

「ありがとうございます！」

普通の中学生ではまず手にすることのない大金に夏樹と一登は混乱気味だ。

「一〇〇万円あったら、なんでも買えるよ！」

「人の命だって買えちゃうよ！」

「いやいや、一〇〇万でそこまではできねーっすよ」

「いくらなんでも、動揺しすぎじゃろ」

中学生ふたりに対して、銀子と小梅は冷静だった。

「だ、だけどさ、銀子さん、小梅ちゃん」

「……一日拘束したことを考えても、この謝礼は破格っすけど、四人分って考えればひとり二五万円っすよ。何よりも天照大神を相手にしたんですから、安いくらいっす」

「こんな大金もらっても困るんだけど」

「下手したら命狙われますよ?」

「良い子っすね、夏樹くんも、一登くんも。おねーさんは、すくねぇって思っちゃったっす」

「銀子は悪い子じゃな。つーか、夏樹、一登――」

小梅が、珍しく真面目な顔をして夏樹と一登の顔をまじまじと見た。

「金はマジで大事じゃ。いくらあっても困らん。各地を放浪した俺様が言うんじゃ、間違いない。もらっとくんじゃ」

威圧感のある小梅の声に、夏樹と一登は頷く。

「それに、じゃ。向こうも、俺様たちと縁をつないでおきたくてケチ臭いところは見せたくないから、いらんと言っても絶対に金は受け取らんぞ。あと、大人の差し出したものを突き返すのは、礼儀としてもなっとらん。額が額で困惑するかもしれんが、ありがたく頂戴しておくんじゃ」

「……小梅ちゃん」

「ママさんには埋蔵金見つけたとか言って渡せばいいんじゃ」

「……小梅ちゃん?」

「なんじゃったら、俺様の酒代として……」

「小梅ちゃーん?」

「冗談じゃ」

真面目なことを言うのは照れ臭かったのか、小梅は若干軽口交じりなことを言った。

小梅に銀子も賛同する。

「あとあれっすよ。いざとなったら破壊神な夏樹くんはもちろんっすけど、天照大神様とフレンドリーな一登くんとも仲良くしておきたいって水無月家のポーズだと思うっす。ここはお金を受け取って、お互いに気持ち良く帰りましょう」

「……わかった。よし、解散」

円陣を解除すると、夏樹たちは水無月家に向かって頭を下げた。

「ありがたく頂戴します！」

銀子のワゴン車に乗り込んで水無月家を後にした夏樹たち。

「いやー、天照大神様もびっくりでしたが、私的には月読命様がいきなり現れたのがびっくりでしたよ！」

「ほんとそれじゃな！　日本のトップ陣好き勝手しすぎじゃろう！」

「いや、日本側も小梅さんだけには言われたくねーっすよ」

運転席と助手席で、来るときと変わらず軽口を叩き合う、銀子と小梅。

夏樹と一登は顔を見合わせて苦笑した。

「んじゃ、どっかでラーメンでも食べて学校行こうかな」

「そういえば、夏樹くんの好きな冷やし中華が始まっているお店があるよ！」

「なん、だと⁉　銀子さん、お昼は冷やし中華にしようぜ！」

「えー、フレンチ行きましょうよ！　せっかくお金を手に入れたんですから！」

「中学生にテーブルマナーは無理だよ！」

「じゃあ、焼肉じゃな！　食べ放題じゃなくて、目の前の鉄板で焼いてくれるやつじゃ！」

「小梅ちゃん、焼肉っていうか、それはステーキだよ！」

「あはははは、みんなフリーダムだね」

夏樹たちのやりとりに、一登が楽しそうに笑った。

夏樹は、一登にとって今回のことは驚きの連続ではあったと思うが、散々不愉快な兄に振り回された彼の気晴らしになってくれればと思っている。

ジャックも一登のことを気にかけていたし、今回の謝礼でどこかへみんなで旅行に行けたらいい。

(旅行ならチケット当たったとか、誤魔化せるんじゃないかな)

夏樹がそんなことを考えていると、

「あん?」

「おっと」

「おおう?」

「え? どうしたの?」

竹林に囲まれた道路を走っていたワゴン車が結界に閉じ込められた。

銀子がブレーキを踏んで停車させた。

「まさか天照大神様とお会いした後に、こんなに堂々と仕掛けてくる馬鹿がいるとは思わなかったっす」

「あー、銀子は神に期待をしているかもしれんが、神は人間の争い事に関わらんのが基本だから援軍は来ないと思ったほうがええぞ。それがわかっておるから仕掛けてきたんじゃろうな」

「おい、神族！」

「人間に関わっていたらキリがないんじゃよ」

どうやら天照大神の力は借りられないようだ。

だが、それでいいと思う。

神々が人間に干渉していたら、人間は神に頼るだけになる。それは、どちらにとってもよくない。

（とはいえ、一登に何かあったら天照大神様が荒ぶりそうだから、死ぬ気で守らないとね！）

「とりあえず車から出ますか。相手が誰であれ、霊力やなんかで車ごと吹っ飛ばされたほうが危険っすから」

「了解」

銀子の提案を受け、夏樹たちは車から出る。

すると、世界が変わった。

「おおおおお⁉」

「強制転移じゃな。俺様たちがここを通るとわかっていて、仕掛けておったんじゃろう」

足止めをしてからどこかへ転移とは、十分に準備されているのがわかった。

夏樹たちが転移されたのは、古代ローマの円形闘技場のコロシアムのような場所だ。

リングがあるわけではないが、朽ちかけた石の壁と、観客席があり、夏樹たちが立つ場所には固めた土が敷き詰められている。

「まもーん、まもーん、まもーん！」

「まもん！　まもん！　まもん！　まもん！　まもん！　まもん！」

ふたつの声が響く。

「何者だ！」

夏樹が鋭い声を出した。

「いや、自分たちでまもん言うとるじゃろうが。これだけ主張が激しくてマモン以外が出てきたらびっくりじゃぞ」

「なるほど。そういう可能性もあるのか」

「そうとしか考えられんじゃろう！　ときどき馬鹿じゃな、夏樹は！」

サタンが忠告してくれた存在――マモンをすっかり忘れていた夏樹は、小梅に頭を叩かれて思い出し、身構える。

夏樹たちの視界の中で、観客席に立つスラックスとシャツというラフな格好の三〇代半ばほどの男性と、二十歳（はたち）ほどの長髪の黒づくめの青年がいた。

「小梅の言う通り、俺は七つの大罪の中で強欲を司る魔族、マモンだ！　まもんまもん！」

「うわぁ。語尾の主張が強っ！」

夏樹たちは、小梅を狙っていると聞かされている魔族の幹部マモンと相対（あいたい）するのだった。

夏樹は、マモンにはもちろんだが、彼の隣にいる青年にも大いに警戒していた。

マモンと一緒にいることからして、青年がアルフォンスを襲った人間だと推測できる。

何よりも、離れている夏樹にもはっきり伝わる霊力の強さは、人を超えた規格外だとわかった。

「んで、そのマモンさんが俺たちになんの用かな？」

「まもんまもん。そう慌てるな。俺は強欲な魔族だが、話のわかる魔族でもある。お前の質問にまもんまもんと答えてやろう。……と、言ってもすでにサタンと接触したようなので、俺のすることはまもんまもんと知っているだろう？」

「もちろんだ。あれだ、あれあれ、あれだろ？」

「まもんまもん……貴様、まさか俺がサタンを倒して、魔王の座から引き摺り下ろすことをまもんまもんと企んでいると知らないわけじゃないだろうな？」

「馬鹿なこと言うな！　俺は、お前がサタンさんを魔王の座から引き摺り下ろすことを企んでいると知っているぞ！」

「ならばいい。まもんまもん」

「わかってくれて、よかった。まもんまもん」

内心、マモンの存在を思い出しても、行動理由まで思い出せていなかった夏樹は、マモン自らが目的を語ってくれたので知っているふりをした。

だが、夏樹にも言い訳がある。

サタンと知り合ったあと、宇宙で大暴れしたり、天照大神と会ったりと、イベントがたくさんだったのだ。

情報がところてんのように押し出されてしまうのも無理がない。

「じゃあ、とっととサタンさんのところへ行って喧嘩売ってこいよ！」

「まもんまもん。俺は強欲な魔族だが、確実性を狙う魔族でもある。奴は、戦いを挑んでも飄々と逃げるだろう。だからこその、まもんまもんな人質だ」

「……てめぇ、まさか――一登を人質にするつもりか！」

「……まもん？　一登とやらはどちら様だ⁉」

「あれ？」

おかしい、と首をかしげた夏樹に小梅が尻を背後から蹴っ飛ばした。

「このぼけぇ！　マモンの狙いは俺様だろうが！」

「あー、そうだった！　天照大神様が一登に入れ込んでいたから、もう俺の中でビップ扱いだよ！　この場をどうやって一登を傷つけないで解決しようと悩んでいるもん！」

「……まあ、気持ちはわかるんじゃがな。あと、一番戦力がないのも一登じゃし」

「なんか、すみません。足引っぱちゃって」

「構わん。夏樹の弟分は俺様にとっても弟分じゃ、ちゃんと守ってやるから安心せい。おい、銀子（肉の壁）」

「……まさかとは思いますけど、肉の壁って私のことじゃないっすよね⁉」

銀子が小梅の肩を掴んで揺さぶる。

小梅は、否定も肯定もしなかったが、視線を逸らした。それが何よりの答えだった。

「最近、私の扱いが悪いっす」

「ええじゃないか。ビールで蓄えた贅肉でどーんと壁になっとれ！」

「小梅さんだって人のこと言えねーっすよ！　昨日もお風呂上がりに何度も体重計に乗っているところを見ているんすからね！」

「ばっ、それは乙女の秘密じゃろう！」

「紀元前から生きている小梅さんのどこが乙女なんすか！」

「あれじゃ、俺様はロリババってやつじゃろう？」

「お前のどこがロリババだぁあああああああああああ！」

魔族の幹部であり、七つの大罪を強欲を司るマモンを前に、銀子と小梅は通常運転だった。だが、それが彼女たちらしくて、夏樹の肩から力が抜ける。

「なんかごめんなさいねー」

「まもんまもん。俺は強欲な魔族だが、緊張感を得意としない魔族でもある。このくらいの喧しさは気にしない。だが、そろそろまもんまもんと話をしよう。時間は有限だ。俺は強欲な魔族であるが、時間を大事にする魔族でもあるゆえにまもんまもんまもん」

「とりあえず、じゃあ、喧嘩しよっか？」

「ふっ、まもももももももんっ！　俺を前にして、よく啖呵が切れる。感心するぞ、まもんまもん。だが、慌てるな。俺はお前と特別争うつもりはない」

「なんだって？」

「アルフォンス・ミカエルは邪魔だったので退場願ったが、お前は私の中で特にどうってことはないのだよ。あくまでも、俺のまもんまもんな目的は小梅・ルシファーひとり」

マモンの言葉から、アルフォンスを襲ったのが彼らだと確信できた。

この時点で、マモンは完全に敵だ。

何よりも、この次の展開も予想できている。

「どうせ小梅ちゃんを渡せとか言ってくるんだろう！」

「正解だ、まもんまもん。俺は強欲な魔族だが、寛大な魔族でもある。小梅を、建前的には妻にするが、あくまでもサタンへの人質としてだ。しかし、傷つけることはしないと約束しよう。いや、指一本触れないと誓ってもいいだろう」

「そりゃ寛大なことで」

「しかし！　小梅には妻として語尾にまもんまもんとつけてもらう！」

「はわわわわわ……さすがマモン！　七つの大罪の強欲を司る大魔族だ！」

夏樹がマモンの非道な要求に戦慄して震える。

まもんまもんを要求された小梅は、怒りにしばらく震えていると、ぶつん、と何かが切れたように叫んだ。

「誰がっ、おどれなんぞのっ、妻にっ、なるかっ！　つーか、そんなクソダサいっ、語尾をっ、使うわけないじゃろぉおおおおおおおおおおおおおお！」

夏樹は小梅を庇（かば）うように一歩前に出て、片腕を広げた。

「悪いけど、そんなひどいことをされるとわかっていて小梅ちゃんは渡せない」

「………ひどいことか、そっか……まもんまもん」

「大丈夫だよ、マモンさん！　俺たちはみんなまもんまもん大好きだから！　まもんまもん！」

「まもんまもん」をひどいこと扱いされてしまったマモンは、ショックだったのか、その場に崩れ落ちそうになるが、隣の青年が支えて励ますと、なんとか踏ん張ることができたようだ。

「……ふっ。俺は強欲な魔族であるが、繊細な魔族でもある。人間よ、言葉には気を付けてもらおうかまもんまもん！」

「あんたは何か言う度に、俺は強欲な魔族であるがって……主張しなきゃ喋れんのか！　あー、もう面倒くさいな！　いいか、よく聞け、このまもんやろう！　小梅ちゃんは俺の大事な家族だ。

指一本でも触れてみろっ、ぶっ殺してやる！」

少々顔を真っ赤にした夏樹が、マモンに指をびしっと向けて小梅を守ると宣言する。

「夏樹くん、やるぅ！　痺れるぅ！　クソ兄貴とは全然違うっ！」

「……ちっ。遅れをとってしまったっすね。でも私にはわかります。私に恨みを持つ誰かが今度襲いかかってくるのを夏樹くんが助けてくれるんすよね？」

一登が口笛を鳴らし、銀子が悔しがっている。

そして小梅はというと、

「――とぅくん」

ときめいていた。

「まもんまもん。いいだろう。お前が小梅を守るとまもんまもん言うのなら、俺は力づくで奪っていくのみだ。俺は強欲な魔族であると同時に、強引な男子でもあるのだからな！」

「御託はいいからさっさとかかってこいよ、まもんまもん！」

夏樹が手招きするが、マモンは不敵に笑うだけで観客席から降りてこようとはしなかった。

「なめるなよ、人間！　俺は強欲な魔族であり、力強い魔族でもあるが、人間と戦う趣味はない。何よりも、お前では私に勝てはしない。ならば、――蓮。仕事の時間だ。まもんまもん」

「待ってました。僕の出番ですね、まもんまもん」

黒づくめの青年が、観客席からジャンプして軽やかに着地した。

「――うげ」

　夏樹は嫌な声を出す。

　青年は、人間でありながら霊力を使わず、自分の肉体のみで二〇メートルほどの距離をジャンプしたのだ。肉体の基礎が、まず夏樹と違う。

「まもんまもん。人間の少年よ。お前が強いことはわかっている。だが、蓮に勝てるかな？」

「死なないうちに降参してくれれば殺しはしないよ。まもんまもん」

「……その前に……そのまもんまもんって流行ってるの？」

　背後から「今それ聞くの⁉」と一登の叫びが聞こえてきたが、マモンだけならいざしらず、青年までもが使っているのならもしかして、と夏樹は思ってしまった。

「ほう。まもんまもんに興味があるか？」

「あるとも。俺は勇者様だが、好奇心旺盛な思春期ボーイでもあるんでね！」

「いいだろう！　まもんまもんは、魔界で大流行している素晴らしい語尾だ！　まもんまもん！」

「なんだってー！　まもんまもん！」

「嘘つけぼけぇ！　だーれが、そんなみっともない語尾をつけるかぁ！　魔界でも、神界でも、人間界でも全然流行っとらんわ！　あと、収拾がつかなくなるじゃろう、夏樹もくっだらない語尾を使うな！」

「ごめんなさい」

ツッコミに疲れて息を切らせる小梅に謝罪して、夏樹は青年に向かって歩いて近付いていく。

手を伸ばせばお互いに触れ合える距離で、足を止めると、青年の顔をまじまじと見た。

青年は、二十歳ほどだが、もう少し若く見える気がした。髪を伸ばしていると思われたが、意図して伸ばしているのではなく、無造作に伸びっぱなしという感じだ。洋服も、ほつれを修繕した後があった。

「えっと、君が由良夏樹君でいいよね？」

「ああ、俺が由良夏樹だ。あんたは？」

「僕は、小林蓮。よろしくはしなくていいよ」

「あ、そ」

「……君の周りは賑やかだね。人間、霊能力者、天使が仲良く暮らしているなんて――考えただけでもイライラするよ」

青年――小林蓮は浮かべていた笑顔を消すと、霊力で肉体を強化した蹴りを夏樹の腹部に入れた。

だが、

「痛くなーい！」

すでに魔力を使い身体強化した夏樹にはノーダメージだった。

「いいさ。どうやら君は僕が全力で戦っても平気のようだから、手加減はしないよ」

「こっちだって小梅ちゃんの語尾がかかっているんだから、全力でぶっ飛ばしてやるよ」

異世界帰りの勇者と、天使さえ倒せる人間の戦いが幕を開けた。


基本的に由良夏樹は、戦いに時間をかけない。

相手が肉弾戦を好もうと、長期戦に持ち込もうと、圧倒的な力をもって短時間でねじ伏せてきた。

その最大の理由が、体力がないからだ。

体力がないといっても、身体強化をすれば地球の神々や魔族に匹敵する動きができる。だが、魔力にだって限界がある。

とくに、今は肉体が成長しきっていないため、全盛期の力がないのだ。

だからこそ、小林蓮に何か悲しげな背景がある可能性はまったく考えずに、自分の前に敵として立ち塞がったのが運の尽きだと思って死んでもらうことにした。

「――常闇(とこやみ)の剣」

異世界で魔王が振るっていた『黒の剣』と呼ばれた魔剣だ。だが、魔剣の本来の名は、『常闇の剣』である。夏樹がかつて地球に帰還してから振るったことはあったが、あえて本来の名で呼ばないようにすることで威力を落としていたのだ。

今回は威力を半減することはしない。小林蓮の基本スペックは、今の夏樹よりも上だ。

身体強化した肉体を全力で動かし、アイテムボックスから魔剣をひっぱり出――そうと、して、
夏樹の動きよりも早く動いた蓮の手によって、右腕が掴まれ、魔剣を封じられた。

「あらら」

「なんていうか、君さ。このくらいで……マモンさんはおろか、僕に勝てるなんて思っていないよね？」

「さあ、どうでしょう？」

わざと軽口を叩いて左手で魔剣を引き抜こうとする時間を作ろうとしたが、

「遅いよ」

やはり蓮のほうが早く、渾身の蹴りが夏樹の腹部に直撃した。

同時に、彼が夏樹の腕を離したので、後方に夏樹は吹っ飛び壁に激突する。

轟音を立てて、突っ込んだ夏樹に、壁が崩れて降り注ぐ。

「夏樹くん！」

「夏樹ぃ！」

「夏樹くん！」

一登、小梅、銀子が叫んだ。

夏樹の戦いをちゃんと見たことがない一登や銀子はとにかく、その力を目の当たりにした小梅の驚きようは凄まじかった。

「だ、だいじょーぶ、だいじょーぶ……痒(かゆ)いところに直撃したからちょうど良かったよ。げほっ、ごほっ——おえ」

瓦礫(がれき)から這い出した夏樹が、問題ないと手を振ってみたが、次の瞬間、血溜まりを地面に作るほど吐血した。

（あー、内臓やられたー。異世界でもここまでダメージ食らったことないんだけどなぁ、しゃーないか。今の俺って、弱いし。だからって、小梅ちゃんの将来が懸かっているなら、出し惜しみはしないから）

何度か咳き込んで血の塊を吐き出すと、夏樹は立ち上がった。

そして、蓮に向けて笑顔を浮かべた。

「やるね、君！　うんうん、なんていうか、こっちにこんなに強い人間がいるとは思わなかった。油断も慢心もしていなかったつもりだったんだけど、どこか侮っていたのかもしれない。夏樹くん、反省！」

「何を」

学生服とシャツを脱ぎ捨て半裸になった夏樹は、口から拭った血を胸に円を描くように塗った。

「何をするつもりかな？」

「小林蓮だったね。お前の敗因は、この瞬間、俺を止めなかったことだ」

刹那、夏樹の魔力が跳ね上がった。

「――封印術式を四番、五番まで、由良夏樹の名の下に解除する」

夏樹の胸に塗りたくられた血が、肉体に吸い込まれた。

次の瞬間、夏樹の身体に刺青のような術式が浮かび、一部が硝子の砕ける音と共に消えた。

「三割の力じゃ無理だわ、こりゃ。というわけで――五割の力でお相手しよう」

「なんじゃとぉおおおおおおおおおおおおおおおおおおお!?」

小梅が目を丸くして叫んだ次の瞬間、ずんっ、と空が降ってきたかのような圧迫感が、この場にいる全員を襲い、夏樹以外が――マモンでさえも、その場に突っ伏した。


「な、夏樹っ、力をっ、抑えんか……銀子と、一登が、耐えられん」

地面に倒れ、力を入れてなんとか顔を上げた小梅の息も絶え絶えな姿と声に、夏樹は慌てて解放の際に放出されていた魔力を抑え込んだ。

「ごめんごめん!」

呼吸すら忘れて見えない力に圧し潰されていた一同が、大きく酸素を吸ってそれぞれ動き出す。

小梅は仰向けとなり、胸を上下させている。一登と銀子も、長い間水の中にいたのかと思われるほど汗をびっしょりかいて荒い呼吸を繰り返している。

「……ま、もん……まも、ん。人間が、これほどの力を持っているだと⁉　ありえん、人間という器が破壊されてもおかしくないはずだ……しかも、これで、五割だと⁉」

いち早く、態勢を整えたのはマモンだったが、彼の顔には驚愕が張り付いていた。

五割の力を解放した夏樹は、マモンよりも力そのものは上だ。もちろん、今まで培ってきた経験を加味すると、戦ったとしてマモンもただ敗北することはないだろう。そのことは、夏樹だってわかっている。

「ふざ、けるな！」

マモンに続き、立ち上がり蓮は夏樹を睨みつけた。

「よせ、蓮！　いくらまもんまもんなお前でも！」

「由良夏樹っ！　そんな化け物みたいな力を持っていながら、家族や友人に恵まれているのか！　僕は、心底君が妬ましいよ！」

「あ、そ」

蓮の叫びに興味なさげに夏樹が空返事をした。

それが蓮の神経を逆撫でしたのだろう。

今まで笑みを浮かべて飄々としていた蓮が、顔を真っ赤にした。

「僕を相手に、全力ではなく半分の力だって？　君は……僕の全力がこの程度だと思っているのか！」

「あるなら出せよ」

「よせ、蓮！　お前のまもんまもんな本気は」

「いいや、マモンさん！　ここで彼を倒さないと、僕は僕じゃいられない！」

蓮から莫大な霊力が発せられた。

同時に、肉体に大きな負荷がかかっているのだろう、身体中の皮膚から血が流れ出している。

「へえ」

改めて人間の規格を超えている。

だが、霊力の放出は凄まじいが、その力の使い方がまだ粗い。

今まで、自分よりも強い相手に会ったことがないのだろう。全力の出し方が、ちゃんとわかっていないのだ。

「じゃあ、準備ができたところでやろうか。――目覚めろ、常闇の剣」

夏樹が抜いたのは両刃の黒剣だ。

魔王を倒した戦利品であり、異世界でも一、二を争う業物だった。

夏樹の呼びかけに応じ、魔剣が脈打った。

「いくよ、由良夏樹」

「こいよ、小林蓮」

夏樹と蓮は同時に地面を蹴った。

銀子や一登の目には、消えたように映っただろう。

小梅とマモンでさえ、目で追いかけるのがやっとだった。

「うわぁあああああああああああああああ！」

蓮の蹴りが繰り出される。

唸りを上げて放たれた長い足が、規格外の霊力を纏って夏樹を砕こうとする。

が、夏樹は蓮の攻撃を気にすることなく、彼の足が届くよりも早く魔剣を振り下ろした。

　蓮の腕を、足を。

夏樹たちを閉じ込めた擬似的な空間を、縦一閃に真っ直ぐに斬ったのだった。


小林蓮の半生はお世辞にも良いものではなかった。

一般家庭に生まれた霊能力者として、化け物扱いされ、親からの殴る蹴るは日常茶飯事。霊力に目覚めてからは、食事だってまともに与えられたことはない。手足を縛られ何日も放置されても死ななかった蓮を、両親はゴミのように捨てた。

利用され、利用しながら、懸命に生きた。

同じ境遇の子供達を保護しながら、必死に金を稼いだ。

ある日のことだ。

蓮は、空腹を誤魔化すために散歩をしていた。

その日の食糧は子供達に分け与えることができたが、蓮の分は残らなかった。

よくあることで気にしていないが、ふと甘い匂いに誘われて視線を向けると、ドーナツ屋で子供が泣いているのが見えた。

聞き耳を立ててみると、その子どもは食べたいドーナツがふたつあるようだが、母親からひとつにしなさいと怒られている。

「――ひとつ買ってもらえるなら幸せじゃないか」

蓮は親に何かを買ってもらったことがない。

いや、もしかしたら、霊能力に目覚める前にあったのかもしれないが、覚えていない。

泣き喚く少年は、蓮にはないものをたくさん持っているのだとわかる。

暖かい家、美味しい食事、そして愛してくれる母親。

「……羨ましいなぁ」

いつか絶対に、家族とみんなで幸せになるのだ。

その想いを胸に秘め、蓮はどんな仕事でも続けた。

「あーあ。やられちゃった」

初めて出会った自分よりも強い人間に、羨望を抱きながら。しかし、ちょっとだけ早く出会いたかったな、と残念に思いながら、血を撒き散らして倒れたのだった。

現代に愛の女神として生まれた名もなき女神——自称愛ちゃんは、公園のブランコに腰を掛けて、飴を舐めながらとある人を待っていた。

「——愛ちゃん！」

Tシャツとジップパーカー、ミニスカートにハイソックスとスニーカーという格好をした愛は、幼い少女だ。

そんな愛に息を切らせて近付いてくるのは、三原優斗だった。

「優斗くん。どうしたの、最近は連絡くれなかったのに急に連絡くれるなんて？」

寂しかった、と少し拗ねながら頬を膨らませてみるが、事情はすべて知っている。手を出した女性が多すぎて、愛の存在を忘れていたのだ。

愛としても、特別何かしたわけではない。あくまでも優斗が多数キープしている彼女のうちのひとりとして紛れ込んでいただけだったので、忘れていてくれてちょうど良かった。

もちろん、現在、優斗を相手にしてくれる女性が誰ひとりとしていないことを承知している。

「急に会いたくなっちゃって。ごめんね、突然」

「ううん、いいの」

愛は内心優斗を笑った。

電話帳に登録されている女の子に片っ端から電話をして、ようやくつながったのが愛だ。

それまで顔はもちろん、名前まで覚えていなかったというのに、よくもこのようなことが言えるものだと感心する。

(小さい頃もつまんない子だったけど、今はもっとつまらない子になっちゃったわねぇ)

お互い近況報告をしよう、と優斗が提案したものの、話すのは優斗ばかりだ。

内容は聞くに耐えないものばかりで、由良夏樹への文句、弟への苛立ち、連絡が取れない女の子たちへの侮蔑が、これでもかと優斗の口から垂れ流されていた。

(そろそろいいかしら?)

「ねえ、優斗くん」

「どうしたの?」

「なんで優斗くんが、こんなひどい目に遭っているのかわかる？」

「わかるわけないだろう？　急に世界が一変したみたいで、本当に参っているんだ。どいつもこいつも、僕がどれだけいい思いをさせてやったのか忘れたみたいなんだよ」

反射的に、「うざい」と言いそうになって必死に愛は堪えた。

「実はね、優斗くんにはとてつもない力があるの」

「え？　何を」

「でもね、それは由良夏樹によって封じられちゃったの」

「——夏樹だって⁉」

由良夏樹の名を聞き、優斗は目の色を変えた。

愛に対して、何を言い出すのだ、という雰囲気だった優斗だが、夏樹の名のおかげで聞く体勢になってくれた。

「優斗くんにはとても魅力的な愛の力があったんだけど、それを知った由良夏樹に封じられちゃったの」

「ま、待ってくれ、俺に力とか夏樹に封じられたとかって」

「よく聞いてね。一度しか言わないから。理解できなかったら、お話はおしまいよ」

少し威圧を込めて優斗に微笑むと、彼はわずかに震えながら、「う、うん」と頷いた。

「私は愛の女神。幼い頃の優斗くんに、神の加護を、勇者としての力を与えたの」

「愛ちゃんが女神で……ぼ、僕が勇者?」

「そうよ。私の加護と勇者の力のおかげで優斗くんはみんなに愛されていたの。そのうち、力に目覚めてとてつもない能力を手に入れる予定だったのに……」

「夏樹が封じたっていうのか?」

「うん。由良夏樹がどこでどうやって手に入れたのか知らないけど、優斗くんよりも強力な勇者としての力を持っているわ。その力で、優斗くんの力が目覚める前に全部封じちゃったの」

「……勇者とか……本当にいるのか。一登の読んでいるくだらない漫画や小説くらいにしか出てこないと思っていたけど」

(あんたが一番くだらない奴だけどねー)

「だけど、合点がいったよ」

「え?」

「ずっと昔から思っていた。僕は選ばれた存在だって。でも、勇者なんて。女神に愛されているなんて」

「いや、愛してはいないんだけど……聞いてねえし」

優斗が都合の良いことを受け入れやすいことは知っていたが、これほどかと思わず愛も苦笑いだ。

「それで、どうすれば僕は力を取り戻せるの?」

「うーん。無理かな。由良夏樹の封印は本人が解除することを想定していないから、ぐっちゃぐちゃなの。だから二度と、優斗くんの力は解放されない」

「そんな……くそっ、そうだ、いつだってそうさ！　夏樹は僕のものをなんでも欲しがって奪っていくんだ！」

(それはおめーだろー！　あー、だけど、この子って由良夏樹の本当に大事なものって何ひとつ奪えてないのよねぇ。だっさ！)

内心では優斗を小馬鹿にしながら、親身に寄り添う少女を演じ続ける。

「だからね。愛の女神様から優斗くんに、第二の加護をあげる」

「――――え？」

「由良夏樹をぐっちゃぐっちゃに殺すことのできる力を、望んでくれるならあげることができるけどどうする？」

愛は、ブランコから降りるとにこやかな笑みを浮かべて手を伸ばす。

次の瞬間、優斗は愛の手を握りしめていた。

(うわぁ、このクズ。仮にも幼馴染みを殺す力を手に入れるのに躊躇いがないんだけどー。夏樹くん、どんまい)

「いいわ。優斗くんに幼馴染みを殺す覚悟があるのなら、力をあげる！」

「もちろんだよ！　夏樹を殺していいのなら、喜んで殺すさ！　あいつがいなくなれば、みんなは僕のものだ！　はははは！　ついでに、一登も、僕を蔑む親も、鬱陶しい教師も、言うことを聞かない女も、みんな痛めつけてから殺してやる！」

（うわぁ。引くわぁ。愛の女神的に、こいつには愛がなーんもないのよねぇ。はぁ。でも仕方がないか。弟くんと間違えて兄のほうに加護をあげちゃったんだから、女神的に最後まで面倒みないとね。まもんまもん）

愛の女神は、由良夏樹が施した優斗への封印を解くことができなかった。

しかし、代わりとなるべく強い力を与えたのだ。

（マモンと蓮くんが、由良夏樹に仕掛けるみたいだから、ついでに仕掛けてみよっかな。月読やルシフェルがうぜえけど、ま、いいでしょ。ふふっ、由良夏樹も楽しみだけど、三原一登くんがどんな成長したのか楽しみだな。まもんまもん）

「――って、私にまもんまもんがうつっちゃってるじゃない！　あのくそマモン！」

「愛ちゃん？　まもんって何？」

「あは、あはははは。なんでもないよー」


小林蓮は、力なく地面に倒れ、腕と足から血を流していく。

「でも、まだだ！　負けられない！　マモンさんを君とは戦わせない！」

蓮は、無事な腕で地面を殴りつけると、その反動で飛び起きる。そして、そのまま夏樹に倒れ込むように拳を放った。

「――その気概、最高だよ！」

夏樹は蓮を受け入れた。

アルフォンスを殺そうとしたことは腹が立つし、小梅を利用しようと企むマモンに与している蓮を、マモンよりも厄介な敵として認識し直した。

ならばすることはひとつだけ。

「やめろぉおおおおおおおおおおおおおおおおおお！」

夏樹の行動を読んだマモンが叫んだが、止まる気はない。

夏樹は魔剣を振り、迫り来る蓮の腕を斬り落とした。そして、そのまま彼を袈裟斬りにした。

「……ごめんね、まもん、さん」

血溜まりを作り、仰向けに倒れる蓮。

再び倒れた蓮は、魔剣の一撃をくらいながら肉体が両断されておらず、絶命もしていない。これは夏樹が手を抜いたのではなく、蓮が規格外の霊力で本能的に防御したからだ。

だが、しばらくすれば息絶えるだろう。

「今、楽にしてやる」

夏樹は、敵として認識し戦った相手を見逃さない。

特に蓮のように強く、出せる限りの力を出さなければ勝てなかった相手には敬意を払う。ゆえに、殺さない選択肢はない。

だが、マモンがそれを許さないだろう。今までとは違い、敵意を込めた目で彼は夏樹を見ている。

次の瞬間、瞬きの間に夏樹の眼前に移動し、虚空から赤黒い長剣を抜くと夏樹に向かって振り下ろす。

夏樹も常闇の剣で迎え撃った。

魔剣と長剣がぶつかり、暴風が吹き荒れる。

夏樹に両断され、崩壊しかけている世界が、悲鳴を上げてさらに崩れていく。

「まもんまもん！　俺は強欲な魔族だが、甘ったるい魔族でもある。蓮と過ごした短い時間で、俺は蓮のことを息子のように思っていた！　息子を斬られて平然としていられるほど、俺はできた魔族ではない！」

「あんたも、実は良い奴なのかもしれないな。それを知ることができなくて、残念だ」

「抜かせっ！　まもん！」

マモンが魔力を込めると、彼が口から魔力の閃光を放った。

全力で剣を押し、夏樹を斬ろうとするマモンの力が強く、下手に避ける動作をすると力任せに斬られる可能性があったので、魔力を身体に回して、甘んじて閃光を受ける。

「ぐ、あ！　くそっ！」

僅かに身体をずらすことができたが、魔剣を握る右腕と、右上半身が焼かれた。それでも表面上のもので、重傷には至らない。

「まもんまもん！　認めよう！　由良夏樹、貴様は忌々（いまいま）しいほど強い！」

「ありがとう、強欲を司る魔族にそう言ってもらえると嬉しいよ！」

夏樹は左手を剣の柄（つか）から離す。

「——あんたは強いし、おっかないから、このまま全力で押し通す！」

「まもんまもん！　やれるものならやってみろ！」

「やれるさ。今の俺は、聖剣を使えるんだぜ」

にやり、と笑った夏樹の左手に、雷が宿った。

「な」

絶句するマモンの身体を、掬（すく）い上げるように下から上に、剣の形をした雷の塊を振るった。

「聖剣——神鳴（かみな）りの剣」

刹那、マモンの肉体は真っ二つに両断された。


「へえ」

夏樹は驚いた。

てっきりこれで戦いも終わりかと思ったのだが、マモンは両断されても倒れなかった。

「おの、れ」

それどころか、両断された肉体がすぐにつながっていく。

しかし、ダメージは大きいのだろう。口から吐血し、呼吸も荒い。真っ直ぐに立っているのもつらそうだ。

「さすが魔族の幹部。すごい生命力だね。聖剣を食らって原型をとどめておけるなんてびっくりだよ」

異世界にも両断されて死ななかった魔族がいたが、その後、すべてが命乞いをしてきた。もちろん、夏樹は敵対した魔族全員を殺している。

唯一、夏樹が殺さなかったのは、魔王くらいだ。だが、それには理由がある。魔王を殺してしまい、魔族の統率が取れなくなったら面倒なことになるからだ。

魔神は異世界に必要なかったので殺したが、魔王は必要と判断した。きっと、今頃、魔王が人間を支配してくれているだろう。なんなら、人間を滅ぼしてくれていると嬉しい。

真っ二つにされても絶命せず、夏樹に怯えることなく、今もなお敵意を剥き出しにしているマモンに夏樹は感心していた。

「ちょうど良い。今の俺がどのくらい力が使えるのか試させてもらうかな。言っておくが、殺さないという選択肢はない。小梅ちゃんにちょっかい出したことを後悔しながら、死んでいくといいよ」

背後から小梅が「もうええ！」と言っているが、夏樹は止まるつもりはない。

基本的に夏樹は甘い。

その証拠に、鬱陶しい存在である自称幼馴染みの三原優斗を放っておいている。だが、それは、夏樹にとって本当に大切なものに何もされていないからだ。

夏樹にとっての一線を超えていれば、一登が悲しもうと、三原のおじさんとおばさんが泣く結果になろうと、相応の対価を支払わせるだろう。それは、勇者としての力があろうとなかろうと変わらない。

マモンは、小梅に手を出そうとした。

夏樹にとって小梅は大切な家族だ。

付き合いの時間は短くても、彼女を大切に思える理由は十分にある。

だからこそ、マモンを野放しにできない。彼がサタンを倒すために小梅を利用しようとするのなら、消してしまったほうが早いのだ。

「さようなら、まも――」

聖剣を掲げ、振り下ろそうとした夏樹の額が割れて鮮血が吹き出した。

――限界が訪れてしまった。

「あ、やべ」

手にしていた聖剣も消え、夏樹の力が大きく落ちてしまう。

「――だからって、限界を超えてもあんたはここで絶対に殺しておく！」

魔剣『常闇の剣』に残った魔力をすべて注ぎ込むと、黒い刀身から魔力の奔流が放たれた。

「くたばれ、まもん野郎！」

「まもんまもん！　やってみるがいい、人間！」

マモンが魔力で練り上げた剣を再び握り、振るう。

夏樹の魔剣とマモンの剣がぶつかり、衝撃波が生まれる。

世界の亀裂が大きくなり、軋む音が響く。

いつ壊れてもおかしくない世界を無視して、夏樹は後先考えずに魔剣を振り下ろした。

「ま……もん」

マモンは、剣ごと両断され、血を撒き散らして地面に崩れ落ちる。

だが、まだ絶命していない。

さすが七つの大罪の魔族に名を連ねるだけある。

「……やれ、お前の勝ちだ。まもんまもん」

「さようなら。強欲を司る魔族マモン。あんたのことは忘れないよ、まもんまもん」

まともに魔剣を握っている力はないが、意地で限界を超えた力を奮って剣を掲げる。

もうマモンには抵抗できる力がないようだ。

――夏樹はマモンへ、常闇の剣を振り下ろした。

だが、振り下ろされた魔剣は、目にも止まらぬ速さでマモンの前に立ち塞がった『何者か』によって阻まれたのだった。

「――そんきにすておげじゃ」

マモンを庇った『何者か』は、女性の声だった。

声は女性だったが、何を言ったのか夏樹にはわからない。伝わる魔力から、魔族だと思われるので、魔族の言語だろう。

「……誰だ?」

正直、夏樹は動揺していた。

魔王の使っていた魔剣を腕一本で受け止め、血さえ流していない。いや、衣服さえ斬れていないのだ。おそらく、マモンを庇った者は――意識的にか無意識にかはわからないが――その身に纏う力が、魔剣と夏樹が込めた魔力を上回っていることになる。

――だが、それはいい。それはいいのだ。

そんな些細なことよりも、彼女の格好が気になってならなかった。

彼女は、頭に麦わら帽子を被り、紺地に白い水玉模様のヤッケを羽織り、腕にはピンク色のアームカバーをしている。下半身はもんぺを履いて、膝下までの長靴を装備していた。

「もう戦う必要なねぴょん」

「んん？」

いかにも畑仕事していいます、みたいな女性は麦わら帽子を外すと、漆黒の闇のような黒髪が流れた。

風に揺れる黒髪は、彼女の背中ほどまで伸びている。

女性は凛とした美人だった。年齢的には一八歳ほどに見えるが、実年齢は違うはずだ。

「この子のごどはわー預がる。そえで許すてぐれねぴょんか、少年」

「いや、あの。ええ？」

先ほどから何を言っているのかわからない。

（えっと、戦う必要がない、とか言ったのはなんとなくわかるようなわからないような。これもしかして、魔族の言語じゃなくて、日本のお言葉？）

内心、夏樹が首をかしげていると、女性は言葉の壁に気付いていないのか続けた。

「二度ど少年さ手出すはさせねど、サマエルの名かまりで約束する」

「今、サマエルって言ったー!?」

サマエルこそ、かつてサタンと戦った強力な魔族であり、マモンが魔王として君臨させようとした魔族である。

「……女性だったのか」

夏樹は魔剣を女性から離し、数歩引いた。

（敵意はないから戦わないと期待したいけど、敵意がなくても敵は殺せるからなぁ。にしても、なんで農家のおばあちゃんみたいな格好をしているのか誰か教えてくれないかなぁ）

魔剣をしまうことはしないが、切っ先を下に向けた。

もちろん、いつでも振れるようにはしているが、今の力でどれくらい通用するのか不明だ。せめて、八割の力を万全の状態で出すことができれば、と考えてしまう。

「マモン。わのために今までどうも。すたばって、もういじゃ。わっきゃもう魔王になるつもりはね。だはんでわのためではなぐ、自分のためさ、こぃがら生ぎでほすい」

サマエルは倒れるマモンの傍(かたわ)らに膝を突き、軍手をはめた手をそっと両断された腹部に置く。

強い魔力がマモンに注がれ、肉体こそ再生しなかったが、流れる血は止まっている。

「まもんまもん……サマエル様」

「あの子のごども治療すれば間に合うがもすれね。おめも手伝えじゃ。せがれなんだびょん？あの子ばこのまま死なへではいげね」

マモンはサマエルに震える声を出した。

慕っていた魔族の登場に感極まっているのかと思われた。

だが、マモンは涙を流すと、

「まもんまもん……サマエル様……おそらく私にお気遣いの言葉をかけてくれているのだと思うのですが……なまりが強くて何を言っているのかわかりません」

実は、夏樹同様にサマエルが何を言っているのかわからないと告白した。

「……だよね！　俺もだよ！　マジで何言っているのかわかんねーよ！　いや、本当に何をどうしたいの!?」

ちょっと安心しながら夏樹もサマエルに叫ぶ。

すると、サマエルは少し驚いた顔をしてから、はっと気付いたように咳払いした。

「――あー、すまない。私はサマエル。かつてサタンと魔界全国制覇で争って負けた敗北者だ。今は林檎農家をしている」

「あ！　あの人って、農家系動画配信者のさまたんだ！」

夏樹の背後にいた一登が大きな声を出し、とんでもないことを言った。

「さまたん!?　誰か、この状況を説明してくれ！　あと、収拾をつけてくれ！」

サマエルが現れたことや、農家のおばちゃんファッションのことや、動画配信者のことなど、ツッコミどころが多くて、今まで戦っていた殺伐とした空気が完全に破壊され、夏樹はヤケクソになって叫んだ。

「私のファン、だと!?　まさか青森から飛んできた先に、弱小チャンネルを観てくれる視聴者様がいたとは……だが、今はこんなときだ。サインと写真は後にしよう」

「あ、はい。楽しみにしています」

サマエルは一登にファンサービスする気満々のようだ。

(さてと、このまま笑って終わるのか、第三のバトルが始まるのか……わからないなぁ。それにしても、限界を超えたせいで一時的に三割よりも出力が落ちていたとは言え、殺意を込めた魔剣の一撃を傷ひとつなく受け止めるなんて……おっかないなぁ)

情けない話だが、蓮とマモンの連戦で夏樹は限界だった。

蓮は規格外だったし、マモンもやはり魔族の幹部だけあって出し惜しみできない強さだった。

「さて、君のことは私も知っている。よっちゃんから聞いたからね。だが、まさかこのような形で出会うとは残念だ」

「……よっちゃんの知り合いかよ」

「ああ、彼とは良い友人だ。それはいいとして……由良夏樹殿、すまない。マモンには二度と君に手を出させないと約束するので、ここらで勘弁してほしい」

サマエルは、夏樹の前に膝をつくと、深々と頭を下げた。

「まもん!?　サマエル様!?」

まさかサマエルが土下座するとは思わなかったマモンが悲鳴を上げる。

夏樹としても、サタンと戦える高位魔族が、勝てるはずの人間に頭を下げるとは思わず困惑を隠せない。

「だからどうか、頼む。マモンを殺さないでほしい。そして、あの少年を治療させてくれ。まだ間に合うかもしれない。頼む」

夏樹は、背後にいる小梅を見た。

「俺様はもうええと言っておるじゃろう！　俺様のために戦ってくれたのは嬉しいが、夏樹に傷ついてほしいわけではないんじゃ！　そのくらいわかるじゃろう！　馬鹿者！」

「……そっか。あー、ごめんね。小梅ちゃんを守ろうとしたのに、俺が俺の感情をぶつけていただけか」

「夏樹が俺様のことを守ろうとしてくれたのは嬉しいんじゃ。本当じゃ。じゃが、家族がボロボロになる姿を見たくないんじゃ」

夏樹は、小梅の瞳にうっすら涙が浮かんでいるのを見た。

「うん。そうだね。ごめん、小梅ちゃん」

「謝らんでええ！」

目元をごしごし袖で拭う小梅に背を向け、夏樹はサマエルに簡潔に告げた。

「だってさ。俺にじゃなくて、小梅ちゃんたちを含む俺たちに手を出さないと約束してくれるなら、俺は何もしないよ」

「感謝する。私が責任を持とう。いいな、マモン」

「――まもん！　しかし！」

「お前が私を魔王にしたいのは知っている」

「まもん！　ならば！」

「今は息子のほうが大事だろう！」

「……まもんまもん。蓮をお救いください」

マモンは、何百年も願っていたサマエルの魔王への道よりも、過ごした時間は短いながら我が子のように思ってしまった蓮を優先した。

「回復は得意ではないが、やってみよう」

力なく倒れている蓮はまだ生きている。

いや、かろうじて生きているだけで、いつ死んでもおかしくない状態だった。

サマエルは魔力を高め、回復魔法を展開するが、得意ではないのは謙遜ではなく事実のようで、夏樹のほうがまだ効果のある回復ができただろう。しかし、それも戦いで疲弊していなければ、だ。今は、蓮の回復に割ける魔力がない。

「……なんてことだ。俺は強欲な魔族だが、本当に大切なものをいつも間違える愚か者だ。蓮、頼む。お前とまもんまもん言っていた日々が、どれだけ楽しい日々だったか！」

マモンも限界を超えながら魔力を蓮に注ぐが、変化はない。

「まもんまもん……蓮は、哀れな子だった。規格外な霊力を持って生まれたせいで、親からは化け物扱いされて捨てられ。盗みをしながら生きていたが、はぐれ霊能力者に目をつけられてこちら側に足を突っ込んだんだ。同じ境遇の子供たちを集め、彼らのために喜んで汚れ仕事をしていた。俺も蓮を利用した最低な魔族だ。ならば、命を奪うなら俺のほうだろう！」

慟哭(どうこく)を上げるマモン。

「……気まずい」

「……夏樹はどうにかできんのか？」

「ほら、サクッと勇者的パワーで」

「夏樹くん」

傍に来ていた小梅たちから、なんとかできないものかと言われるが、できない。

（なんで、こんな時に蓮くんの境遇を語るかなぁ。このまま死んじゃったら後味最悪じゃね？勝利したぜやったー！　なんて口が裂けても言えなくね？　これ、どうするの？　なんか俺が悪い感じじゃね？　え？　嘘ぉ！　ちょ、誰かなんとかして！　なんでもするから、お願いしますぅ！）

夏樹が他力本願を期待して天に祈った時だった。

——貸し一ですよ。

神々しいのにどこか胡散臭い声が、世界に響いた。

「――げ」

小梅がとても嫌そうな声を出すと同時に、一枚の白い羽がゆっくり空から降ってきた。

白い羽は風に舞い、蓮の胸の上に落ちた。

次の瞬間、眩(まばゆ)い聖なる光が世界に充満し、夏樹たちの視界を一時的に奪った。

莫大な神気が嵐のように吹き荒れ、暖かな、しかし、荒々しい、想像を絶する力が渦巻く。

「な、なんて力だ」

腕で目を守っている夏樹には、何が起きているのかわからない。

しかし、今の夏樹では到底真似できない凄まじい力が振るわれたのだけが理解できた。

しばらくして、神気が収まったので、恐る恐る目を開けると、

「うわぁ」

夏樹は、心から驚いてしまった。

土と石しかなかったコロシアムに、緑が溢れていた。

小さな花から、青々しい木々まで、世界を埋め尽くすように緑が広がっていた。

夏樹が斬り裂いた世界も修復されている。

そして、

「あ、あれ？　どうして、僕は？」

「まもまもーん！」

「うわっ、マモンさん！」

五体満足の蓮が意識を取り戻していた。

たまらずマモンが涙を流して抱きつく。

回復しているのは蓮だけではない。

夏樹の聖剣を受けたマモンも、力を使い果たした夏樹も完全回復していたのだ。

「さすがゴッドじゃな」

「だねー。ゴッドぱねぇ！」

小梅がゴッドの名を出し、なんとなくそうだろうと思っていた夏樹が肩を落とした。

「貸し一が怖いなぁ」

ゴッドに借りを作った夏樹は、一体どんなことになるのやら、と考えようとして、考えるのを放棄した。

今はゴッドのことは忘れて、蓮の無事を喜ぼう。

（とりあえず、これで終わったかな？）

肩の力を抜いた夏樹の耳に、

「夏樹ぃいいいいいいいいいいいいいいいいいいいいい！」

この場にふさわしくない、とてもひどく不愉快で、無粋な声が届いた。

「うぇ……なーんであいつがここにいるかなぁ。しかも、力を厳重に封じてやったのに、なんか別の力持ってるし。うざいなぁ」

三原優斗が隣に幼い少女を連れて現れたので、夏樹たちはちょっと驚いた。

一登は、兄の登場に目を丸くしていて、一番驚いている。

夏樹としても、なぜここにいるのか、隣に連れている幼女は誰なのか。新しい力を手に入れたみたいだけど、その程度の力でそんなに殺意持って現れたのかな、と疑問はたくさんだ。

しかし、やはり夏樹には優斗は脅威でないし、疑問が浮かんでも別に知らなくてもいいようなことばかりなので、少しだけ沸いた興味がどんどん薄れていくのを感じる。

「愛ちゃんから聞いたぞ。選ばれた存在である僕の力を封じたみたいだな。夏樹のせいで僕は女の子たちから相手にされなくなったんだぞ！　どいつもこいつも僕のことを馬鹿にして、挙句の果てに……僕の、僕のあれが……くそぉ！」

「愛ちゃんってだーれー？」

「はーい！　愛ちゃんでーす！」

優斗の傍にいた幼女が元気いっぱいに手を上げた。

「愛の女神してまーす！　よろしくねー！」

「あー、どうもー！　由良夏樹です」

「ご丁寧にどうもねー。愛ちゃんでーす。一登くんも、小梅ちゃんも、銀子ちゃんもよろしくねー！　まもんまもん！」

「——もしかしてマモンと関係ある？」

「あ、しまった！　一緒に行動していたから語尾がうつっちゃってるのよ！」

明らかに苛立っている優斗に対して、愛の女神こと愛ちゃんや夏樹はのんびり会話していた。

そして愛ちゃんの「まもんまもん」からマモンとつながりがあるのが理解できる。

おそらくマモンが夏樹たちに仕掛けることを知っていて、いいところで優斗を送り込んできたのだろう。

（でもなぁ……ゴッドパワーのおかげで、俺たち全快しているんだよねぇ。そこに、こんな雑魚を送り込んで何ができるって言うのかな？　まあいいや、優斗はもう殺そう）

今まで散々、見逃してきた。

何度迷惑をかけられても、巻き込まれて散々な目にあっても、理不尽な恨みを買う羽目になっても、あまり優斗への興味が続かなかった。

しかし、異世界から帰還し、異世界人の醜さに辟易した夏樹にとっても、優斗は気持ち悪い。

下手に力を持っているせいか、運も実力というのか、とにかく好き放題。まるで選ばれし者のような振る舞いだ。

夏樹は聖剣に選ばれし勇者だが、吐き気を催すようなイベント盛りだくさんだったのに、対して優斗は幸せそうだ。選ばれた者同士なのに、実に不公平である。

親友であり、幼馴染みであり、大切な弟分の兄であることを考慮して、今まで見逃してきたのが、今ここに新たな力を持って立っているということは——夏樹的にレッドカードだった。

「一登も夏樹の側だったようだな。あれだけ夏樹に関わるなって言ったのに、聞き分けのない奴だ。夏樹を殺すついでにお前も殺してやる。それだけだと寂しいだろうから、僕のことを馬鹿にする両親も殺して送ってやるから楽しみにしておくといいよ！　あはははははは！」

「——クソ兄貴っ、正気かよ！」

「凡人が僕に気安く話しかけるな！　僕は愛の女神に選ばれ、愛された存在なんだぞ！」

「……愛されている？」

優斗には見えないようだが、愛ちゃんは思い切り首を左右に振って否定している。どうやら愛されてはいないようだ。

「ついでに、趣味じゃないけど、夏樹の女を可愛がってやるよ！　今までの女もみんなぐちゃぐちゃにしてやる！」

「……小梅ちゃんと銀子さんに手を出すって言うのなら、上半身と下半身と右半身と左半身がお別れすることになるから、さよならを言っておくといいよ」

「そうやってお前は僕をいつも馬鹿にするんだ！」

「冤罪ー！」

愛の女神からどのような力をもらったのか知らないが、夏樹が封じていた、優斗が元から持っていた力のほうがまだ強い。

一登は戦う術がないし、銀子も実力を把握していないので不安だが、ほかの面々はおそらく優斗が脅威にはならないだろう。

しかし、余裕の笑みを浮かべる優斗と愛ちゃんを見ていると、ほかにもまだ力があるような気がする。

夏樹はあえて一登に視線を一切向けなかった。

殺すことを決意したと一登に見抜かれたくなかったし、万が一それを肯定されてしまうと、きっと彼はあとで悔いるかもしれない。

いくら弟である一登と、両親を殺すと言ったとしても、本当にやるのかわからないのならば、一登に悩ませることとさえしたくない。

夏樹の独断で、優斗が何もできないうちに殺してしまうのが一番だと思った。

「夏樹……お前はいつもそうやって飄々としているな。僕がみんなに好かれようと努力しているのに、お前の周りには勝手に人が集まってくる。お前の幼馴染みだから、ようやくみんなが僕を認識するんだ」

「なんてくだらないことを考えているんだか」

「はははははは！　だけど、ほら、結果を見れば、夏樹の大切な人が、みんなの大切な人が俺に惚れて、簡単に股を開くんだ！」

「うわぁ、品のない奴。ていうか、俺の大切な人って……どなた？」

「え？」

「小梅ちゃんも、銀子さんも、一登も、ジャックも、ナンシーも、お母さんも、青山のおじさんも、みんな俺の家族として一緒にいてくれるけど、お前は誰のことを言っているの？」

「……え？」

「お前は俺の大切な人たちを奪えていないよ。勝手にそう思って気持ち良くなっていただけだね。お疲れー！」

「夏樹ぃいいいいいいいいいいいいいいいい！」

激昂した優斗の感情に引っ張られていくように、彼の霊力が爆発的に上がっていく。

「へえ」

「僕の力でぶっ殺してやる！」

「かかってきやがれ！　俺のアルティメットウルトラサンダーデンジャラスクレイジーレモンマモンシオコショウヤサイマシマシドラグーンファイバーミネラルナトリウム勇者スラッシュでぶった斬ってやるよ！」

「ふざけるなぁあああああああああああああああああああ！」

銀子の霊力を超え、水無月家に祀られていたみずちをも超える霊力が優斗から解き放たれていく。

「おおっ、すごいな。人間やめちゃった？　しかもまだまだ上がるし、でもさ、あの、ちょっと余計なことだけど、そんなに意味もなく力だけを馬鹿みたいに上げると……」

「黙れ！　見ろ、これが僕の力だ！　わかるだろう？　僕は愛の女神に愛された勇者だ！　夏樹！　初めて使う僕の力で殺されることを光栄に思え！　そして、次は――」

――ぱぁんっ！

自慢げにこれでもかと力を上げ続けた優斗は――肉体が力に耐えられず、内側から爆ぜた。

「えぇえええええええええええええええ⁉」

水道で勢いよく水を注いでしまった水風船のように、大きく膨れ上がって内側から爆ぜてしまった優斗に、夏樹が叫んだ。

まさか自爆するとは思わなかったのだ。

夏樹はもちろんだが、小梅と銀子も唖然としている。

静観を決めていたマモン、蓮、サマエルですら口をあんぐり開けている。

一番ひどいのは、優斗の傍にいた愛の女神だ。

彼女は、まるでB級映画の登場人物のごとく、優斗の血と臓物を浴びて真っ赤になっている。

悲しみなのか、それとも怒りなのか、プルプル震えているのはきっと気のせいではないだろう。

「……あの、なんていうか、ハンカチ使う？」

「これ、ハンカチでなんとかなると思う？」

「全然」

「……でしょうね。まあいいわ。あんな雑魚に期待なんてしていなかったの。元々間違えて力をあげたから、最後まで面倒見なきゃって思って力をあげたんだけど、身も心もあそこも矮小な人間には女神の力は耐えられなかったみたいねぇ」

「せめて前の力を回収してから新しい力をあげればよかったのに」

「あんたが馬鹿みたいに頑丈な封印をするから私でも解けなかったのよ！」

「そりゃ失礼。次は、あんな馬鹿に不用意に力を与えないように気を付けるんだね」

「……そうする。で、さ。シャワーを浴びたいから帰っていい？」

「いや、こっちはそもそも呼んでないんですけど。ね？」

小梅と銀子に視線を向けると、ふたりは頷いた。

「ええ、まあ、そうっすね。ところで愛の女神ってどちらの愛の女神っすか？」

「お呼びじゃないんじゃボケェ！　せっかく面倒事が終わったのに、こんなにくだらん強制イベントさせよって！　つーか、あんなクズでも家族を失った一登にごめんなさいくらい言えんのかぁ！　天照大神呼ぶぞぉ、くぉら！」

小梅の叫びに、愛ちゃんは気まずそうな顔をした。

彼女にとっても優斗のこのような死は想定外だったのだから無理がない。

「あー、ごめんね、一登くん」

「えっと……クソ兄貴って本当に死んじゃったの？」

まだ兄の死が信じられない一登が愛ちゃんに尋ねると、彼女は肩に引っかかっていた腸を手に取ると、一登に差し出した。

「えーっと、よかったら形見にどうぞ？」

「いらないです。それよりも、兄貴が力を手にしたのはわかりましたけど、本気で夏樹くんや俺と家族を殺す気だったんですか？」

「うん。夏樹くんを殺せーってけしかけてみたのは私だけど、一登くんやご両親、そして遊んでいた女の子たちを殺そうとって決めたのは、あのクズだよ。一応、止めるつもりだったけどね。うわぁ。べとべとぉ」

「そうですか。最後まで本当に、最悪なクソ兄貴でした」

一登が俯（うつむ）いてしまった。

泣いているのか、それとも憤っているのか、夏樹たちにはわからない。わざわざ彼がどんな顔をしているのか探る趣味もない。

「で、あんたは優斗を連れて何をしたかったんだ？」

「――君の力の調査だよー」

「何？」

「いろいろこっちは計画立てていたのに、そこにいきなり降って湧いた強力な力を持つ人間だからね。そりゃ調べるでしょ？　屑は役立たずだったけど、マモンと蓮くんが十分に役目を果たしてくれたから、別にいいんだけどねー」

「屑に屑って言うな！」

「……私もだけど、君も大概だよね」

「屑と屑が屑している異世界人よりもマシだよ！」

愛の女神は笑う。

子供のように、大人のように、無邪気に、妖艶に。

「私のことはマモンに聞くといいよ」

「待て、まもんまもん」

この場から去ろうとした愛の女神を止めたのは、鋭い目つきをしたサマエルだった。

「あーら、どうしたの、さまたん？」

「私の舎弟たちを利用したのだ、それなりの償いをしてもらうか」

「あら怖い。サタンとガチで喧嘩できる魔族に睨まれたら……怖くて怖くて、マモンや蓮くんを狙って攻撃しそう！」

「……死にたいのならばやってみろ。お前と私のどちらが速いか確かめてみてもいいのだぞ」

サマエルの魔力が吹き荒れ、殺意が愛の女神を襲う。

殺気を向けられていないのに夏樹たちの息が止まりそうになるほど、サマエルの怒りという感情で昂った魔力の余波は凄まじかった。

これで本格的に力を使ったら、どれほど強いのか夏樹には想像できない。

「うーん。じゃあ、女神としては絶対にやっちゃいけないんだけど、目的のための大義ということで、適当に誰かを殺しちゃおうかな」

「なんだと？」

「いい？　私を殺し損ねたら、私はその憂さ晴らしに適当に誰かを殺す。わかる？　お前のせいで、私が愛する人が死ぬんだ。それでいいのね？」

「……底が浅いな。その程度で、神を名乗るのか」

「だって、神だもん。私なんて、みんなを愛しているから大事にしているけど、中には魔族も神族も、人間も害虫くらいにしか思っていない奴らもいるんだからね。さまたんは、これから私たち新たな神々と戦うってことでオーケー？」

愛の女神が発した感情のこもらない声に、サマエルは力を止めた。

「物分かりがよくて何よりかなー」

「……私は現役を退いた、底辺動画配信者だ。お前たちを殺して回るほど暇ではない」

「それでいいと思うよー。さまたんより強い神も魔族もこっちにいるからねー」

「ふん。私の気が変わらないうちに消えろ」

「はいはい。じゃーねー、夏樹くん、一登くん、今度は勧誘に来るからねー！」

血に塗れた愛の女神は、夏樹と一登に手を振りながら消えた。

残されたのは、あまりよくわかっていない夏樹たちと、何やら事情を知っているであろうサマエルとマモン。

そして、優斗がつくった血溜まりだった。

「……とりあえず、帰ろっか。おーい、この空間から出してくれない？」

愛の女神こと愛ちゃんが消えてしまい、夏樹たちとマモンたちが残されたが、もう戦うつもりはないため、いつまでもここにいても仕方がない。

夏樹が声をかけると、マモンが頷いた。

「まもんまもん……敗者は勝者に従おう。しかし、俺が尋ねることではないが、まもんまもんと爆ぜた少年はどうするのだ？」

「あー。どうしよう。ちなみにこの世界が消えるとどうなるの？」

「この空間はあくまでも擬似空間だ。消えることは消滅である。つまり、爆ぜてしまった少年もまもんまもんと消えてしまうだろう。まもんまもん」

「そっか。どうしよう?」

小梅たちを窺うと、彼女は「さあ?」という顔をする。小梅と銀子は優斗に思い入れも何もないのだから無理もない。

しかし、一登の場合は家族であり弟だ。迷惑ばかりかけられた兄であっても、思うことはあるのではないかと反応を待つ。

「……俺的には連れて帰ってあげたいけど……こんな原型留めていない状態でどうしろっていうの!?」

「ですよねー」

一登の叫びに、誰もが納得する。臓器や肉片こそ散らばって残っているが、基本的に回収不可能だ。何よりもゴッドの力で生い茂った草花のせいで探すのも一苦労だろう。

――ふふふふ。私の出番で――

「よければ、私がなんとかしよう」

「さまたん……あ、違った、サマエルさん」

(あれ? 今なんか変な女の声が聞こえたような気がしたんだけど)

夏樹はまったく知らないが、サマエルは動画配信者さまたんであり、一登は数少ない視聴者であるらしい。

霊能事情を知らない一登が、まさか天照大神と知り合いだったり、サマエルの動画を観ていたりと世の中狭すぎる。

（なーんか、ほかにも知らないところで大物と一登が知り合っていそうな気がしてならないけど……そんなことないよね？）

「さまたんで構わない。私の数少ない視聴者だ。……確か一登と名を呼ばれていたが、まさかかずたんかな？」

「覚えていてくれて嬉しいです！」

「――っ、君がかずたんか！　動画配信を始めてからずっと観てくれている子じゃないか！　こんなところで出会うとは……少し嬉しく思ってしまうよ。おっと、すまない。兄が亡くなったのに、不謹慎だったね。申し訳ない」

「いえ、いいんです。兄貴の自業自得ですから。それで、なんとかなるんですか？」

「ああ。今でこそ底辺動画配信者だが、かつては……褒められることではないが、悪さをしていたのでね。遺体の偽装くらいはなんとかできる。そこの、霊能力者。院関係だろう？　そちらでも、何かしら手段はあると思われるが、どうする？」

サマエルが銀子に声をかけた。

あくまでも手段がなければ力を貸してくれるのだろう。

「そうっすね。原型があるなら、事故とかにしちゃうんですけど、今回は難しいっすね。死んだことを伝えるのもよしとしないケースもあるので、失踪とか、駆け落ちとかにしてしまう場合もあるっすけど。どうしましょうか?」

「両親も兄の死を受け入れると思います。死んでほしかったわけじゃないですけど、これ以上迷惑かけられなくていいってほっとするかもしれませんし。失踪扱いだと、いつどこで何をしているのかわからないっていうのも、しこりになると思うんです。何よりも、兄貴は夏樹くんだけじゃ飽き足らず俺や両親を殺すって言いましたし、自業自得なんですけど……死んじゃったんなら、弔ってあげたいんです」

一登の言葉に、方針が決まった。

「承知した。ではかりそめだが、私が肉体の外側をなんとかしよう」

「じゃあ、私がお父さんと相談して、事故とします ね」

サマエルの力と、銀子のおかげで、優斗は家族のもとに戻れることになった。

愛の女神にそそのかされたのか、それとも自分の意思だったのか不明だが、夏樹だけではなく友人と肉親までをも害そうとした優斗に情などない。

情もなく、口にこそしないが、死んでくれてせいせいしている。

ただ、腐れ縁ではあったことも確かなので、せめて死後は静かに眠っていてほしいと黙祷した。

「ぎゃぁあああああああああああああああ!」

優斗の血溜まりに黙祷していた夏樹が、銀子の叫びで目を開ける。

「どうしたの、銀子さん⁉」

まさかまた敵が現れたのかと思い、駆け寄ると、車の前で呆然と膝をつく銀子がいる。

彼女は力なく車内に向かって指を向けた。

彼女の指差す方向に目を向けると、夏樹は苦い顔をしてしまう。

「あー」

車内は、これでもかと蔦（つた）が生えており、しかも、優斗の血液や臓物が飛んできたのだろう。真っ赤に染まっていた。

「こんな状況で持って帰ったら、お母さんにぶっ殺されちゃうんですけど⁉」

「マモンさーん！　車の修理代払ってくださいねー！」

「ま、まもんまもん。俺は強欲な魔族だが、ちゃんと責任を取る潔い魔族でもある。新車を買ってやるのでまもんまもん！」

「いえ、お母さんの車は元に戻してくれればいいんで。あ、でも、私には新車買ってください。できれば、外車で！　ドイツ製がいいなー！」

「……常々思っていたが、人間は魔族よりも強欲なまもんまもんだ」

マモンは困惑気味に、夏樹たちを捕らえていた空間を解除する。

淡い光が世界に広がり、次の瞬間、水無月家から街へと続く竹藪に戻っていた。

「おお！　戻ってきたー！　いろいろありすぎたけど、まだこれが月曜日の午前中の出来事なのが信じられねー！　密度が高いんだよ！」

　元いた場所に戻ってきた夏樹はスマホで時間を確認すると、まだ午前一一時だ。

「まさかとは思うけど、午後もイベントじゃないよね⁉」

「はははは、夏樹くんったら。そんなことあるわけないじゃない。ない、よね？」

　巻き込まれた一登も土曜、日曜、月曜のイベント量を思い出し、いくら度量が大きくとも顔色を青くするのだった。

「え？」

　ふたりで乾いた笑みを浮かべていると、遠くからバイクが唸る音が聞こえる。

　夏樹と一登が顔を見合わせると、竹藪を突っ切ってレーサーレプリカに着物で跨った雲海が現れた。

「夏樹殿！　一登殿！　助太刀いたす！　何、心配はいらぬ！　天照大神様より、一時的に五歳若返らせていただきましたゆえ！」

「無茶すんなよ、おばあちゃん！」

　異変に気付いて来てくれたのは雲海だけではなかった。

「悪いけど、大人しくしてほしい」

「少しでもおかしな真似をすれば、いいえ、お姉さまに歯向かえば、それ相応の罰が下ると覚悟しなさい！」

一〇〇を超える氷の鶴を生み出し、マモン、蓮、サマエルを囲う澪。

姉を守るように刀を構える都もいる。

「お前さんたちが高位魔族だというのはわかるが、恩人方に無礼をしたなら、水無月家は命を賭してでも戦わんとな」

澪の氷の鶴の合間に、星雲相談役が符を一〇〇枚以上浮かべている。

そのひとつひとつに、攻撃性の高い霊力が込められている。

人間と魔族の力に大きな差があるとしても、これだけの数を食らえばいくらマモンたちでもそれなりの痛手を負うだろう。

そして、バイクを唸らせる雲海が何かを唱えると、バイクは意志を持つように車体をくねらせて車輪を持つ怪物へと変化した。

ほかにも姿こそ現していないが、竹藪の奥、上空、水無月家本家からも力や、視線が集まっているのがわかる。

「……俺は強欲な魔族だが、うっかり屋さんな魔族でもある。少し焦っていたようだ。まもんまもんな水無月家の目の届くところで、仕掛けたのは失敗だったな。まもんまもん」

「なんですか！　そのふざけた語尾は！　人間だからってなめているんですか！」

マモンの語尾に反応した都が、唾を飛ばして激昂する。おそらく馬鹿にされたと思ったのだろう。さすがに「まもんまもん」をマモンが普段から多用しているとは思いもしないはずだ。

「……ふざけた語尾……まもんまもん」

肩を落とすマモンを庇うように蓮が手を広げた。

「僕たちに戦う意志はない！」

蓮に続き、サマエルも両手をあげた。

「この子が言ったように、私たちに君たちと戦う気はない」

「だけど、お前さんたちは夏樹殿たちを襲ったようだが？」

「もう敗北し、降伏した。だが、私たちを警戒するのはわかる。望むなら、拘束されよう」

水無月家の主戦力と思われる面々が現れたことで、驚いていた夏樹だが、このままサマエルたちばかりに話をさせていても、水無月家の警戒が解けないと気付き、慌てて間に入った。

「この人たちが言っているのは本当です！　襲われはしましたが、決着はついています。心配してくださりありがとうございます！　でも、大丈夫です！　とにかく、戦うのだけは、なしでお願いします！」

サマエルたちも抵抗はしないだろうが、水無月家の面々が勝てる相手ではない。

夏樹たちの危機にかけつけてくれたことは嬉しい。嬉しいからこそ、万が一のことが起きてしまうのは望まない。

「……夏樹殿がそう言うなら、こちらも矛はおさめましょう。澪、都、警戒は解くなよ」

「うん」

「はい！」

「あと、雲海はいつまでもバイク吹かしているんじゃねえよ！」

「現役に匹敵する力を取り戻したせいか、こう昂揚感が……このままどこまでも走っていけそうだ！」

ぶおんぶおん、とバイクを空吹かしする度、車体に浮かぶ人面が苦しそうにするのがとても気になるが、ちょっと怖かったので気付かないふりをしてそっと視線を外す。

「さて、どうしようかな。俺は、マモンと小林くんと話がしたいんだけど」

「……では、水無月家を使うといい。当主も何かあれば連れてくるように言ってくれているんでな。天照大神様がいらっしゃるのであまり粗相はないように頼む」

星雲相談役の申し出を受け、夏樹は一同に視線を送る。

小梅たちはもちろんのこと、サマエルたちも了承した。

こうして一同は、水無月家の一室を借りて話をすることとなった。

第六章　小梅ちゃんの気持ちじゃね？

　水無月家の客間のひとつを借りて、夏樹はマモンと蓮と三人で向かい合っていた。

「サマエルさんとか、優斗とか愛の女神とか、ゴッドとかいろいろ介入があったけど、改めて話をしよう」

「……そちらのまもんまもんな要求はなんでも受け入れる覚悟だ。俺は強欲な魔族ではあるが、自分の弱さに向き合う魔族でもある。まもんまもん」

「…………」

　サマエルは潔く敗北を受け入れ、夏樹の要求を呑むつもりでいると言ってくれた。蓮は、夏樹を見て黙っている。何か言いたいことがあるのかもしれないが、今は話を進めるのを先にしてマモンにはっきりと告げた。

「マモン。あんたがサタンさんに喧嘩を売ろうと、サマエルさんをトップに立たせようと、語尾をまもんまもんしようとどうでもいい。ただ、小梅ちゃんは俺にとってかけがえのない大切な人だ。二度と手を出すな。次は絶対に殺す」

「――承知した。小梅・ルシファーに、いや、由良夏樹の家族たちには絶対に害をなさないとまもんまもんと約束する。俺を、蓮を生かしてくれて、心から感謝するまもんまもん」

マモンは夏樹の殺意の込められた視線をしっかりと受け止めたあと、深々と頭を下げた。

蓮も同じく頭を下げる。

「約束してくれればそれでいいよ。俺も、つまらない戦いはしたくないし、殺しもしたくない。何よりもくだらないことに関わりたくないんだ。あんたたちにとっては理由があったんだろうけど、こっちはないんだからさ」

「……まもんまもん、わかっている」

「わかってくれたなら、もういいよ。俺もネチネチ言いたくないんだ。でも、ひとつだけ。小梅ちゃんにも謝ってね」

「まもんまもん。サタンと戦おうとするあまり小梅を人質にしようなどと俺は紳士でなかった。小梅には謝罪しよう。まもんまもん」

「……僕も、あの天使さんに謝りたい。生きているんだよね？」

口を開いた蓮が気にする天使はアルフォンスのことだろう。

「アルフォンスさんなら元気だよ。正直、彼を殺していたら、ゴッドが復活させてももう一度殺していい……いや、やめよう。ごめん。もう文句は言ったんだ、これ以上責めたくない」

「うん。ごめん」

万が一を考えると、ついふたりを責めてしまう。

異世界では仲間も友人もおらず、ひとりで戦ってきた夏樹だからこそ、家族や仲間の大切さがかっただろう。

痛いほどわかるのだ。それゆえに、アルフォンスや小梅に何かあったとしたら、正気でいられな

「それで、あんたらはこれからどうするんだ？」

「……まもんまもんな俺にはペナルティはあるだろうが、そんなものだ。魔族は血の気が多いのがたくさんいるので、大きな戦争こそないがまもんまもんな小競り合いくらいはよくある。俺のしようとしたことは大きなことだと思うが、結果だけ見たら大したことのない範囲で収まってしまったのでな。由良夏樹には不満だろうが、サタンがそもそものらりくらりとしているから俺の処遇は重くならないだろう。まもんまもん」

「……僕はどうすればいいんだろう？」

マモンに関しては、魔王であるサタンに丸投げするつもりだ。

小梅を狙われたので、彼もそれなりにペナルティを下すだろう。ルシフェルなどは、夏樹以上にネチネチ言いそうだ。

しかし、蓮の場合はどうするべきなのか夏樹もわからない。

謝罪はしてくれたし、夏樹も殺すつもりで身体を両断し、ゴッドの介入がなければ死んでいたのだから、個人的にはもうお咎めなしでいいと思っている。

だが、話を聞けば、はぐれ霊能力者として裏稼業もしていたようで、そちらをどう判断していいのかわからない。

「水無月家に聞いてみるのがいいと思う。俺から聞いてみるよ」

「……ありがとう」

「なあ、小林蓮」

「何かな？」

「ちょっとだけ疑問だったんだけど、どうしてあんたはマモンに付き合ったんだ？　雇われたっていうのはわかる。だけど、命懸けで戦う理由が何かあったのか？」

夏樹の問いに蓮は一度だけマモンを見ると、少し恥ずかしそうに教えてくれた。

「マモンさんは初めて僕に優しくしてくれた大人なんだ。僕と子供たちと一緒に、ご飯を食べてくれた初めての人なんだ。僕には、それがどれだけ嬉しかったか……だから、マモンさんのために戦ったんだよ」

「……そっか。なら、命懸けるよな」

蓮のまっすぐな気持ちに、マモンは少し照れているようだった。顔が赤い。

「……食事をしたといえば、愛ちゃんは何をしたいんだろう？」

蓮にとって、愛の女神こと愛ちゃんも一緒に食事をしてくれた仲間だ。

彼女の行動理由は気になるのだろう。

「……そういえば、愛の女神がお前たちにけしかけた少年は友人だったようだな。お悔やみ申し上げる。まもんまもん。一般の人間を巻き込むつもりは俺にはなかった」

「あ、いえ、友人じゃないんで平気ですー」

「……それでいいのか？　まもんまもんにびっくりなのだが」

「俺はね。ただ、一登がなぁ。あんな男でも、兄貴だったから」

「そうか。気落ちしていなければいいな。まもんまもん」

「気を遣ってくれてありがとう。だけど、できたら、その愛の女神が何をしたいのか教えてほしいんだけど」

マモンは少し考えたあと、「まもんまもん」と頷いた。

「いいだろう。あれだけ関わってしまったのなら、話をするとしよう。まもんまもん」

「助かるよ、まもんまもん」


「愛の女神は、現代に生まれた神だまもんまもん」

「現代に生まれた神？」

「まもんまもん。俺たちのような古い神魔とは違い、近代化した社会の中で人間の想いから生まれたまもんまもんな神なのだ」

「うーん。よくわからない」

現代に生まれた神と言われてもさっぱりわからなかった。

そもそもマモンをはじめ、サタンやルシフェル、ミカエルに天照大神だって、名前は知っていても、いつどこで生まれたのかを知る者はそういないだろう。

そういう意味では、愛の女神が現代で生まれようと、古代で生まれようと、夏樹にとってはあまりピンとこない。

「神の生まれなど気にすることはない。まもんまもん。奴らの存在は俺たちにとっては忌々しいが、人間たちにとっては悪ではないのだ」

「そうなの?」

「まもんまもん。愛の女神以外にも現代に生まれた神々はいるし、魔族もいる。奴らは結託し、古き神々や魔族をまもんまもんと滅ぼそうとしているのだ」

「えっと、つまりマモンだけじゃなくて、サタンさんや天照大神さんとかを滅ぼそうと企んでいるってことでオーケー?」

「そういうことだ、まもんまもん」

だが、とマモンは付け加えた。

「神や魔族にも、現代の神々に付く者がいる。嘆かわしい、まもんまもん」

「なんで?」

「現代の神々は新たな神話をまもんまもんと作ろうとしている。それに、古い神話では活躍できなかった者や、悪役として登場することに我慢できなかった者が味方し、自分たちの思い描いた立場をまもんまもんと得ようとしているのだ。まもんまもん」

「えー！　それだっさー！　神でも魔族でもそういう奴っているんだね。自分で神話作るぜ、じゃなくて、新しく神話作るのに一枚噛ませてくださいとか……ちょっと嫌だなぁ」

「意外に辛口だな。まもんまもん。ま、中には面白そうだという理由で加わる者もいれば、敗れた敵と再び戦って勝つために加わるまもんまもんな者もいる」

「そんな現代の神がなーんで、優斗なんかに力を与えたんだろうね？」

一番の疑問はそこだ。

いつどこで接触し、力を与えたのか。

なぜ再び力を与えたのか。

それが夏樹にはわからなかった。

「それればかりは俺にもわからん。すまないな、まもんまもん。だが、愛の女神だけなら、おそらくは……」

「何か心当たりが？」

「まもんまもん。愛の女神は――自分だけの『絶対』を探している」

少なくとも、愛の女神にとって三原優斗は『絶対』ではなかったのだろう。

勇者に匹敵する力を与えながら、何を求めているのかわからないが、なんにせよ余計なことをしてくれたものだと思う。

「現代の神に関しては俺よりもルシフェルがまもんまもんと詳しい。機会があればそちらに聞くといい。俺はあくまでも利害の一致で協力していただけなのだ。すまんな、まもんまもん」

「気にしなくていいよ。十分な情報だよ。まもんまもん」

「まもんまもん」

「まもんまもん」


「でも、まさかさまたんにお会いできるなんて嬉しいです。こんなときじゃなければ、もっとはしゃげたんですけど」

「私もかずたんと会えて嬉しいよ。だが、その、兄君(あにぎみ)は残念だったたな。お悔やみ申し上げる」

「……ありがとうございます。でも、兄貴が選んだ結果ですから」

水無月家の茶の間を借りて、天照大神をはじめ、小梅、銀子、一登、サマエルが茶を出されて一息ついていた。

水無月家の面々は、今まで蓮が裏家業で処理してきた人間や悪魔、悪霊などが記載されている書類の裏取りをしている。マモンから手渡されたものだ。

マモンは、蓮の今後を考えて、斡旋していた人間を殺した際に資料を奪っていた。

蓮が処理してきた人間はそれなりの数がいるが、同じくらい救ってもいる。処理した者ははぐれ霊能力者や、はぐれ霊能力者の斡旋者、霊能という知られていない力で敵対者を処理しようと企んだ人間など、基本的に悪人ばかりだった。

無論、だからといって人の命を奪っていいことにはならない。

しかし、小林蓮は幼い頃に両親に捨てられ、生きるためになりふり構っていられなかったこと、悪意ある人間にいいように利用されていたことも考慮しなければならない。

蓮の両親も、いくら子供が規格外の霊能力を持っていたからといって、物のように捨てることは倫理的に間違っている。

蓮を罰しなければならないが、蓮に汚れ仕事を押し付けた人間、そして蓮の両親にも責任を取らせなければならない。

「兄が目の前で死んだのだ。今はそうでなくとも、後で感情があふれてくることもあるだろう。マモンがやったわけではないが、関わっていたのは事実である以上……私にその権利があるかわからないが、言いたいことがあればいつでも聞くし、泣きたい時は胸を貸そう」

サマエルはそう言うと、自分の連絡先を一登に渡した。

「ありがとうございます、さまたん。じゃなかった、サマエルさん」

「ふふふ、さまたんで構わないよ。かずたん」

そんなやりとりを見ていた天照大神は、一登が来るということで神らしい衣装に着飾っているのだが、彼女の表情は嫉妬にあふれ、歯をぎりぎりと食いしばっている。

「……小梅さん、銀子ちゃん、なんですかあれは。さまたん、かずたんなんてまるで新婚さんのように。なーにが、胸を貸すですか。あなたの胸の膨らみなど慎ましいじゃないですか。一登くんを受け止めるのであれば、この豊満なボディーの自分こそ！」

「おどれの場合は、胸ではなく腹で受け止めるんじゃろうがな」

「任せてください。最近じゃ、お腹も胸くらい――って、何言わせるんですか！」

「ノリのいい奴じゃなぁ」

「今、無理やりお腹へっこませているんですけど、余裕なくなるとすぐに出てきちゃうんで、余計なツッコミさせないでください！」

天照大神は、お腹を押さえながら小梅に抗議した。

幸いなことに、サマエルと一登は天照大神たちの会話を聞いていない。

「天照大神さんも動画配信したらどうっすか？　太陽神だけど喰っちゃ寝してたら太ったのでダイエットしてみる、とか」

「炎上するに決まっているじゃないですか！　外歩けなくなりますよ！」

「外歩かんじゃろう！」

「ですよねー。いやいや、違います。私は決めたんです。このわがままボディーから小梅さんみたいなスレンダーボディーへ変貌すると！」

天照大神の宣言に、小梅と銀子は彼女の身体をじいっと見てから切り捨てた。

「無理じゃろ」

「無理っすね」

「ひどすぎます！」

しくしく泣きはじめる、天照大神を無視して小梅と銀子は話を続けた。

「マモンはクソ親父が何かしらするじゃろうし、ルシフェルの兄貴もねちねち文句を言うじゃろうな。ミカエルのおっさんも、息子が殺されかけたんじゃから、苦情くらいは言うじゃろうが」

「……息子を殺されかけて苦情で済ませられますかねぇ？」

「魔族にとってこんなこと割とある話じゃなからなぁ。問題は小林蓮とかいうアホみたいに強いお子さんのほうじゃ」

「マモンさんも、一応小林くんを守るために、保険を準備してあったみたいっすから、悪い話にならなければいいんですけどねぇ」

「署長パワーでなんとかならんのか？」

「難しいっすね。向島市を超えちゃっていますし、いくら利用されたからといっても結構暴れちゃいましたからねぇ。まあ、仲介業者が全部悪いって丸投げしちゃえば、少しは罪も軽くなるでしょう。ですが、夏樹くんに殺されかけましたしね。いえ、実際は死んでましたよね、あれ。罪償ったってことでよくないっすか？」

「ゴッドが気まぐれを起こしたおかげじゃな。俺様もそうじゃが、夏樹にぶった斬られた会とか結成したくなるわい」

「脳天から縦に斬られなくてよかったたっすね」

「……さすがのスーパー天使の小梅様でも、それじゃと死んでおったな！」

小梅と銀子がそんな会話をしていると、泣き止んでスマホを触っていた天照大神が顔を上げた。

「あの、小林蓮君でしたっけ？　よかったらパパがその子を預かってくれるそうですよ？」

「……すみません。一応、聞いておきますけど、パパって誰っすか？」

恐る恐る尋ねた銀子を天照大神が大袈裟に笑った。

「やだなぁ、銀子ちゃんったら、自分のパパなんですから伊邪那岐命に決まっているじゃないですかー！」

「……夏樹くんがいないので代わりに言っておくっすね。またビッグネーム来ちゃったっす！」

伊邪那岐命といえば、日本人のゴッドファーザーと言える存在だ。

そんな神が、なぜ小林蓮を預かろうとするのかわからず、銀子は首をかしげてしまう。

「えっと、なんでって聞いていいっすか？」

「なんでも何も、パパは霊能力を持ってしまったがゆえに生活に困っている子供を保護しているんですよ。小林蓮君のように、悪党にずっと利用される子っていうのも決して少なくはないんです。ちょっと話をしてみたら、彼と彼の保護する子供たちをまるっと預かってくれるみたいですよ。ママも乗り気だって言ってました」

「……ママって」

「そりゃ、伊邪那美命です」

「はい、またビッグネームっす！　ふぅぅううううう！」

叫んだ銀子に、話をしていた一登とサマエルがびくっとして視線を向けた。

そんなことを気にせず、銀子は頭を抱えて続けた。

「伊邪那岐命と伊邪那美命が一緒にいるってどういうことっすか⁉　やべー離婚の仕方したのに、まずくないっすか⁉」

「やだなぁ、銀子ちゃんったら、パパとママが離婚したのは二〇〇〇年以上前っすよ。今じゃ、仲直りしてってていうか、一方的にママにぼっこぼっこにされてごめんなさいしたから、喧嘩しつつも仲良く暮らしていますよ」

「まじかー。まじかー！」

「というか、銀子ちゃんはウチに遊びに来たときに、パパとママと会ったじゃないですか」

「あ！」

銀子がまだぴちぴちの女子高校生だった頃、天照大神が人間に扮した天野照子と親友だった。

趣味で意気投合したふたりはあっという間に親友となり、こっそりと陰ながら活動していた知る人ぞ知るとある部活に所属し、さまざまな作品を生み出す活動もしていた。

親友ゆえに、銀子は照子の家に遊びに行ったこともあるし、なんならお泊まりしてご飯をご馳走してもらったこともある。いうまでもなく、照子のご両親と食卓を囲んだ。

「マジっすかぁああああああああああああ！　私、天照大神と伊邪那岐命と伊邪那美命と一緒にハンバーグ食べてたっすぅうううううううううう！」

「家庭的な晩御飯じゃな」

「めちゃくちゃ美味しかったっすよぉおおおおおおおおお！」

高校卒業後、警察官になって悪人や悪霊をばったばったと薙ぎ倒す日々が忙しく、照子と疎遠になっていたが、まさかこのような形で再会するなど銀子も予想していなかった。

「あ、ちなみに、銀子ちゃんがお泊まりしているときに、親戚のお兄さんがお野菜くれたじゃないですか？」

「そんなこともありましたね。待って、待ってほしいっす。あれでしょ！　きっと神っすよ！」

「ええ、火之迦具土神さんです！」

「はい、死因んんんんんんんんんんんん！」

銀子は叫びすぎて喉が痛くなり、頭も痛くなった。

ファンタジー側の人間だったはずが、自分の立っている場所などまだまだ浅瀬だったことを思い知らされる。同時に、夏樹と出会って一週間でファンタジーの深淵を覗いてしまった気がする。

夏樹と出会ってからの日々は、今までにないほど楽しいのだが、一日に得る情報量が多すぎるのだ。

「まあ、そんなことはいいんです。とーこーろーでー！　そちらのサマエルさんは、いつまで一登くんを独占しているんでしょうかねぇ！」

「独占？　なんのことだ？　私はただファンであるかずたんとの交流を行っているだけだ。そうだな、意図せぬオフ会という感じだ」

「うぇーい、うぇいうぇいうぇいうぇいうぇい！　底辺動画配信者が生意気にオフ会なんて言ってるんじゃないですよ！　あと、なんですか、かずたんって！　さまたんとかずたんでたんたんたんたんってするつもりですか⁉」

「……すまないが、お前の言っていることは理解できない」

「ああん？」と、詰め寄る天照大神にサマエルは少し困惑気味だ。

一登も少し驚いた顔をしている。

「……素面(しらふ)なのに絡んでくる太陽神って嫌っすね」

「最悪じゃな。日本人は泣いていてええじゃろう」

「そこ！　シャラップ！　自分はね、許せないんですよ。動画なんかで有名になって年下の男の子をぱっくんちょしようと企む奴がね！　オフ会なんて、どうせいやらしいことすることしか考えていないいっすね！」

「おまっ、大手動画サイト様にぶっ殺されると思うんじゃが⁉」

絶好調の天照大神は言いたい放題だ。

小梅も銀子も、仮にも想い人の前でよくここまでできるな、とちょっと見直した。

「よくわからんが、お前が動画配信をしたいことは理解した。任せろ、このさまたんがプロデュースしてやる」

「……その自信はどこから来るんですか？　さまたんの登録者三〇人じゃないですか。神話や逸話的にくっそ面白いこと言っていますけど、人間には通じないんですよ！」

「あ、照子ちゃん的にはさまたんの動画おもしろいんだ」

怒っているのか褒めているのかわからない天照大神もおかしいが、プロデュースをしようと堂々と言うさまたんも大概だ。

「じゃが、いいではないか？　ダイエット系動画配信者デビューじゃ！　五キロ痩せるまで、太陽隠してみたとかどうじゃろうか？」

「……小梅さん。一応、自分は太陽司ってるんで、ちょっとそういう方向性は難しいです。ほかの太陽神さんから怒られますし、パパとママからどつかれて、月読からお説教コースになるの間違いないです」

「ふむ。ならば、体重が一〇キロ減るまで天岩戸をサウナにしてみたとかどうだろうか？」

「死ぬわ！」

小梅とサマエルも、西洋方面の神と魔族なだけありスケールがでかい。

「さっきも言いましたけど、自分がＳＮＳで天照大神を名乗ったら炎上間違いないですからね！

本人なのに絶対信じてもらえませんから！」

「それも悲しいっすね」

「言わないでください！　あ、じゃあ！　体重一〇キロ減るまでとある農家から太陽の光遠ざけてみた、とかどうでしょうか？」

「――まさか、それは私の畑を言っているのではないだろうね？」

「どうでしょうかねぇ。年下の男の子をたぶらかすような農家さんはいらないんですよ」

「……ほう」

空気が張り詰めた。

サマエルからは濃密な魔力が、天照大神からは溢れんばかりの神気が迸る。

「何が気に入らないかわからないが、私の畑は行く当てがなく彷徨っていたところを拾ってくださったおじいちゃんとおばあちゃんから譲り受けた大切な畑だ。それを害しようというのなら、この国ごと潰すぞ」

「スケール！　スケールがでかいっす！　それ、おじいちゃんとおばあちゃんの畑ごと潰してますよ、さまたん！」

「はっ！　ならば、自分は数多の土地の肥料の効果をなくすように土地神に命令してやりますよ」

「スケールちっちゃ！　あと、せめて自分でやりましょうよ！　地味！　地味にこすっからい！」

「……銀子。ツッコミ絶好調じゃのう」

「夏樹くんの代わりって大変っすね！　早くボケる側に戻りたいっすよ！」

さて、どうやって収拾をつけようとかと銀子と小梅が考えていると、

「照子さんはそのままで素敵ですよ」

「――か、一登きゅん」

「さまたんもせっかくのきれいな顔が台なしになっちゃうから、ほら、笑って笑って」

「う、うむ。かずたんがそう言うなら」

「ふたりともせっかくなんだから仲良くしようよ。ね」

「……仕方が、ありませんね」

「かずたんが言うなら、そうしよう」

一登の一言でふたりの力が霧散した。

ふたりとも、とりあえず表面上はにこやかに握手までしてしまう。

心なしか、手に力がかなり入っている気がするが。

「一登くんやばいっすね！」

「魔性じゃろう！」

女の争いを笑顔ひとつで収めた一登に、銀子と小梅は拍手した。

その後、ルシフェルから転送魔法で送られてきた魔封じの腕輪をマモンに嵌め、彼は魔力の大半を封じられることとなった。

とはいえ、人間を超えた力を持っていることは変わらない。しかし、夏樹に再び何かしようとしても、力を封じられている状態では手も足も出ないだろう。何よりも、サマエルの監視下に置かれることが決まっているので、マモンもサマエルに迷惑をかけるようなことはしないはずだ。

蓮は、伊邪那岐命の預かりになることが決まった。

仮に水無月家に思うことがあったとしても、さすがに日本神話のゴッドファーザーに物申せないだろう。

蓮としては、マモンと一緒に青森に行きたかったようだが、まずは伊邪那岐命と会い、保護下に置かれる話と、蓮が保護している子供たちのこと、そして彼らのこれからのことが話し合われるという。

その後、マモンと会うことを許してもらえるようだ。

蓮とマモンに、一五分ほどだがふたりで話す時間をあげた後、サマエルに連れられてマモンは青森へ向かった。

息子のように思っていた蓮と離れることが寂しかったのだろう。もしくは、農業系動画配信者さまたんの登録者を一〇〇万人にしなければいけないという果ての見えない試練が待っているせいか、マモンは最後まで「まもんまもん」と泣いていた。

サマエルはサマエルで、蓮に「いずれ青森で一緒に暮らせる日を楽しみにしているまもんまもん」と告げ、一登と熱い抱擁を交わすと、身体中から謎の光を出す天照大神に「さっさと帰ってください！」と言われ去っていった。

そして、水無月家の玄関の前に、

「よう、久しぶりだな！」

天使のアルフォンス・ミカエルと、

「よう、にいちゃん。久しいな」

那岐爺こと伊邪那岐命がそろって立っていった。

ビッグネームの登場に、水無月家の面々が平伏したのは言うまでもないだろう。

「久しぶり、アルフォンスさん。それと、那岐爺！」

「おう！」

「……俺の正体を知っても物怖じしないのは好ましいぜ、にいちゃん」

軽く手を上げて、アルフォンスと伊邪那岐命に挨拶をすると、苦笑いされてしまった。

顔を上げることができない水無月家の面々はさておき、お茶請けで出された煎餅(せんべい)をバリバリ食べている銀子もなかなか神経が図太い。

「小梅の嬢ちゃんも……久しぶりだな。だいぶ雰囲気が変わっちまったが、今が楽しいならそれでいいだろうな」

「……お久しぶりです、おじさま」

小梅も、さすがに伊邪那岐命を相手にすると頭を下げて、丁寧な言葉遣いをした。

隣に立つ銀子が「小梅さんが、敬語、だと？」とびっくりしている。

「畏（かしこ）まらなくてもいいぜ。銀子ちゃんも久しぶりだな。まさか天照大神の親友とこうして正体を明かして会うことになるとは思わなかったぜ」

「いやー、自分も驚きの連続でもう感覚が麻痺しちゃいましたねー！　おじさんの正体にも驚いたといいますか、もう驚き疲れたといいますか、お腹いっぱいっす」

「はははははは！　銀子ちゃんは変わんねえなぁ！」

誰よりもフレンドリーに伊邪那岐命に挨拶をした銀子だが、水無月家が無礼ではないかと恐れて小刻みに震え出した。

「んで、そっちの坊主が小林蓮か」

「……はい」

「おうおう。随分といい感じの力を持っているじゃねえか。これじゃあ、よわっちいアルフォンスがぶっ飛ばされるのもわかるぜ」

「ふん！　俺は本気じゃありませんでしたから！　食材を守っていたので！」

「言い訳すんなよ。ま、坊主はとりあえず、俺と一緒に暮らしてもらうぜ。ああ、俺は神だが祟めなくていいし、気を使わなくていい。むしろ、坊主には恨まれても仕方がない存在だからな。適当に、してくれや」

「………………」

　伊邪那岐命は蓮に何か思うことがあるのだろう。気を遣っている雰囲気がある。

「マモンの小僧のところに行きたいのはわかるが、坊主の保護していた子供たちがウチに慣れるまでしばらくは我慢してくれや。お兄ちゃんがいきなりいなくなったら、子供たちも不安になっちまうだろうからな」

「……はい。あの子たちを受け入れてくれて、どうもありがとうございます」

「礼なんていいってことよ。こうして後手に回っちまうことが申し訳ないんだ。そうだな、礼を言うのは、坊主や子供たちが幸せになってからにしてくれや」

　蓮は伊邪那岐命に深く頭を下げた。

　すると、アルフォンスが蓮の前に立つ。

「よう。久しぶりだな」

「……はい」

「お前は、俺がこの街の商店街で開く食堂とお料理教室でアルバイトをしてもらう。とりあえず、まっとうに金を稼ぐ方法を教えてやる。ついでに、料理や、家事もだ。覚えておいて損はないぞ」

「え？」

蓮は目を見開いた。

てっきりアルフォンスに恨み言や罵声でも浴びせられると思っていたのだろう。

「俺は死んでないからな。夏樹のおかげでもあるが、とりあえず気にすんなって言ってやる。ただし、こき使ってやるからな、覚悟しろ！」

にぃっと笑うアルフォンスに、蓮は泣きそうな顔をして深々と頭を下げた。

「どうもありがとうございます！　よろしく、お願いします！」

「おうよ！　よし、とりあえず子供たちのところへ案内してくれ。迎えに行くぞ！」

翼を広げたアルフォンスが、蓮の肩を抱く。

飛び立とうとした蓮に、夏樹が声をかけた。

「――小林蓮」

蓮は夏樹を見た。

夏樹は軽く手を振ると、笑った。

「今度、一緒に遊ぼうぜ。飯食って、釣りして、楽しいことしような！」

「俺も一緒にね！」

夏樹と一緒に一登も手を振った。

驚いた顔をした蓮だったが、彼も笑顔を浮かべ「うん！」と返事をしてくれた。

そして、アルフォンスと共に飛び立っていった。


「おっと、すまねえな。水無月家よ、顔を上げてくれ。いつまでも頭を下げさせてすまんすまん」

伊邪那岐命に言われ、茅をはじめ水無月家の面々が顔を上げた。

茶色いスーツにハンチング帽を被った老人が、伊邪那岐命と結びつかなかったのか若干の困惑気味だ。

天照大神のように着古した上下スウェット姿に比べたら天と地の差だろうが、違和感がないわけではない。

「お初にお目にかかります。水無月家当主の水無月茅と申します」

「おう。伊邪那岐命だ。土地神みずちに関してはすまなかったな。俺たち古い神々は人間とあまり関わらずこっそり生きている。それゆえに、力になれなかった」

「いえ、謝罪など」

「いいや、土地神みずちの件もそうだが、娘も押しつけちまったからな。後日、詫びの品を送らせてもらう」

「…………はい」

「俺の口で言うべきだと思ったから、直接言わせてもらう。——土地神みずちの魂は俺がこの手で回収した。丁寧に浄化し、力を与え、いずれどこかに新たな命として転生することを約束しよう」

「——っ、ありがとう、ございます！」

茅は涙を流し、頭を下げた。

無理もない。心から愛した相手のことなのだから。

茅だけではない。みずちと血のつながった娘である澪も、みずちを崇めていた都、雲海、星雲たちも、長年自分達を守ってくれていたみずちが救われたことに心から感謝して頭を下げていた。

「だから顔を上げてくれっての。何かあれば、また連絡するぜ。そっちも用があれば、いつでも頼ってくれ」

「はい。ありがとうございます」

よし、と頷いた伊邪那岐命は、銀子にウインクする。

「銀子ちゃん、またご飯食べに来な。ババァも会いたがっているからよ」

「おっす！　よろこんで！」

銀子にフランクに挨拶すると、次は小梅に視線を移した。

「小梅の嬢ちゃんも達者でな。あんまりサタンに心配かけるんじゃねえぞ」

「……クソ親父は知らん！」

「はははは！　ほどほどにな！」

続いて、夏樹の肩を叩く。

「いろいろ巻き込まれて大変だが、それ以上に良い出会いがあったはずだ。にいちゃんの人生はこれからだから、もっと楽しんどけ」

「そうします」

「おう」

そして、伊邪那岐命は一登の前に立つと、深々と腰を折った。

「ちょ、あの⁉」

「娘が迷惑をかけるかも知れねえが、嫌わずに仲良くしてやってください」

「顔を上げてください。照子さんとは、じゃなかった、天照大神様とは仲良くさせていただいているので、こちらこそ、よろしくお願いします！」

「……そう言ってもらえると助かる。お兄さんの件は残念だったが、サマエルが肉体を修復してくれたようだから、ご両親が受け入れやすいように、気持ちの安定のための術をかけておいてやる。もちろん、支配とかではなく、リラックス効果を与えるくらいだ。それだけしかしてやれなくて申し訳ない」

「……気を遣ってくれてありがとうございます」

娘のために念入りに挨拶をする伊邪那岐命。

おそらく天照大神が一登に懸想しているのを知っているのだろう。

全員に挨拶した伊邪那岐命は、「ではな」と言い姿を消していく。

「そうだ、にいちゃん。マモンや蓮のことで話が進んだらまた会いに行くからな」

「わかりました！　また！」

「おう！」

そう言い残して伊邪那岐命は消えた。

ふーっ、夏樹を含めみんなが気を抜く。

「よし！　なっげー、イベントが終わったぞー！　もう学校行かないで、どっかで飯食って家帰ろー！」

「おおー！」

とても長い月曜日の午前中がようやく終わろうとしていた。


「こりゃまいった。強い強いとは思っていたが、まさかマモンを倒せるほど強いとは思わなかったな」

人間界のとあるマンションの一室の、リビングでくつろぎながら魔王サタンは、自分の息子であり魔族の幹部でもある傲慢を司るルシフェルと会話をしていた。

「……素晴らしい実力です。あれで全力でないなら、正直怖くもありますね」

「全力が出せたのなら、お前でも勝てないだろうな」

「……私にも意地があるので簡単には負けないと言わせてもらいましょう」

「本来なら、危険視するに十分すぎる力だが、夏樹の性格からして喧嘩を売るようなことはしないだろう。小梅ちゃんとも親しいし、まあ、俺は戦わずにすみそうだ」

「よかったですね」

「まったくだ。小梅ちゃんのボーイフレンドを、春子さんの息子を殺さずに済む。……ぶっちゃけ、俺も戦ったらただじゃすまないだろうから、ホッとしているっていうのが正直なところだ」

サタンたちは、マモンの結界内でのできごとを全て見ていた。

今までの力が三割しか出ていなかったと聞いた時には親子で絶句したが、五割の力を見たときには顎が外れるくらい驚いた。

——少なくとも、五割の力を解放した夏樹は高位魔族に匹敵していた。

高位魔族とは、魔族の幹部とは別に、神話や逸話に名を残している強い魔族たちを指す。

その中でも群を抜いて強いのが七つの大罪を司る魔族や、サマエルのような魔族だ。

それ以外にも、単純に強い魔族は多い。マモンだって、決して弱くはない。

七つの大罪の中では力は少し劣っているが、高位魔族として十分すぎる力は持っているのだ。

「こりゃ、しばらく話題になるだろうな」

「そうですね」

夏樹たちの戦いを見ていたのは、サタンたちだけではない。

サマエルが戦いに気付き駆けつけたように、ゴッドが介入したように、ほかの神々や魔族も見ていたのだ。

「雷系の奴らは興味を持つだろうな」

「北欧の戦闘馬鹿どもの興味も引いたでしょう」

「さあ、大変だぞ」

サタンは人ごとのように笑った。

「だが、感謝している。夏樹のおかげで、小梅ちゃんの婚約者の他の候補はみんな辞退したらしい。情けねえ。マモンのようにぶった斬られるのはもっと怖いそうだ」

「おかげで小梅は自由です。ま、まあ、婚期的には気にしたほうがいいんでしょうが、夏樹に任せましょう」

「くくく、くはははははは！」

サタンは大笑いする。

楽しくてしょうがない、嬉しくてしょうがないようだ。

「何がそんなに面白いのですか？」

「わからないのか？」

「わかりません」

「小梅ちゃんと夏樹がくっつけば……俺と春子さんは家族だ！」

「うわぁ」

サタンらしく自分のことしか考えていないが、魔王のくせに割と小さな野望が叶うと喜んでいる姿を見て、ルシフェルは大きくため息をつくのだった。


夏樹、小梅、銀子は三人でゆっくり河原を歩いていた。

一登を含めた四人で、ラーメンを食べ、ようやく一息つくことができた。

夏樹は午後の学校をサボることを決めたが、一登は学校には顔を出すようで途中まで送って別れている。

不仲であったとしても、兄が目の前で亡くなったのだから精神的な負担はあるだろうと心配なのだが、ほかならぬ一登自身が家に帰ると考えてしまうから、学校に行くと言ったので止めることはしなかった。

優斗の亡骸（なきがら）は、水無月家が預かっている。

後日、事故に遭って亡くなったと三原家に連絡がいくだろう。

そのとき、ご両親がどう思うのかは、夏樹にはわからない。

ご家族のことを思えば残念に思う。夏樹としては冷たいだろうが「どうでもよかった」。

今までの鬱陶しい因縁が消えるとか、もうくだらないことに巻き込まれずに済むとか、さえ思わない。

しょせん、その程度の関係だったのだろう。

(もう優斗のことは考えるのをやめよう)

のんびりと河原を歩きながら、「お腹いっぱいっす!」「人の金で食うラーメンはうまいんじゃ!」と楽しそうにしている銀子と小梅の背中を眺めて、無事に戦いが終わってよかったと思う。

巻き込まれた形になったが、マモンに小梅が利用されることはない。

また彼女に何かがあれば、どんな相手が来ようと夏樹は戦い、そして勝つだろう。

(なーんていうか、出会ったばかりなのに銀子さんのことももちろんだけど、小梅ちゃんがめちゃくちゃ大切な存在になっちゃったなぁ)

この感情が恋か、愛か、家族愛か、親愛か、夏樹の心の中で答えが出ていない。

だけど、小梅のためなら命を懸けられるくらいに大切だ。

もちろん、銀子であってもその気持ちは変わらない。

「そうじゃ、夏樹」

「うん？」

振り返った小梅が、にっこりと笑顔を浮かべていた。

「マモンと戦わせてすまんかったな。俺様が美人なせいで、本当にすまん。だが、勝ってくれると信じておったぞ！」

「少々やりすぎなところもありましたけど、これで小梅さんに手を出すお馬鹿さんもいなくなるでしょう。やったね、小梅さん！　一生独身っすよ！」

「ぬかせ！　俺様が生涯独身なら、銀子も同じじゃろう！」

「何おう！」

いつも通りの、やりとりに夏樹も笑う。

銀子にヘッドロックを決めながら、太陽を背にブロンドの髪を靡かせた小梅は大きな声で告げた。


「――夏樹、大好きじゃぞ！」


突然すぎる告白に、夏樹は驚いた。しかし、同時に自分の心にある感情の答えを知った。

「俺もだよ、小梅ちゃん」

「あったりまえじゃ！」

　太陽のように笑う小梅に、夏樹は頬が熱くなる自覚があった。

「ちょちょちょ、何勝手に抜け駆けしているんですか！　今回はたまたま小梅さんイベントがあっただけで、次は私への復讐者が現れて大ピンチになったところを夏樹くんが王子様のごとく助けてくれるっすよ！」

「はーはっはっはっはっ！　俺様の一歩リードじゃ！　俺様は美女な天使じゃが、ここぞというタイミングは外さない天使でもあるんじゃ！　まもんまもん！」

「小梅さん！　まもんまもんが感染してるっす！　やばいっす！」

「なんじゃとう！」

　ゲラゲラ笑う小梅と銀子に、夏樹も釣られて声を出して笑った。

　甘酸っぱい雰囲気ではないし、男女の艶やかな関係ではない。

　だけど、今の、こんな空気が夏樹には何よりも愛おしかった。

「夏樹くん、私も大好きっすよ！」

「俺もだよ、銀子さん！」

「……あれ？　なんか小梅さんのときのほうが気持ちがこもってませんか？」

「ふはははは！　俺様の勝ちじゃ！　じゃが、俺様は美しすぎる天使じゃが、寛大な天使でもあるんでのう、一〇八番目の側室にしてやろう！」

「まだ一〇〇人も増えるっすか⁉　せめて第二夫人にしてくださいよ！」

——異世界から帰還して、八日しか経っていないが。

由良夏樹はものすごく幸せだった。

【エピローグ】　連絡が来ちゃったんじゃね!?

異世界から帰還して八日目の夜。

思い返すと濃厚な日々を送っていた夏樹は、そろそろ寝る時間なのでベッドに寝転がっていた。

「うわ、本当にサマエルさん、農業系動画配信者さまたんやってるー」

月曜日の夜ということで、程よく酒盛りしている母と小梅たちの楽しそうな声が聞こえるのだが、さすがに一日学校をサボってしまったので明日は行かなければならない。

とはいえ、夏樹はあまり眠るのが好きではない。

異世界にいた頃は、唯一の楽しみが睡眠だったが、周囲が敵しかいない状況でまともに寝られたことなどなく、常に眠かった。

地球に戻ってきて、ぐっすり眠った翌日は爽快だったが、怖かった。

目を開けたら異世界にいて、地球に戻ってきているのは夢の中だけではないかと思うと、寝付けない日もあった。

だが、魔法とは便利だ。強制的に意識を奪うこともできる。

ようやくこちらの世界が現実だとちゃんと認識できても、今度は夢の中で異世界での出来事がフラッシュバックするのだ。

大半は翌朝になると忘れていることが多いのだが、それでも異世界での記憶を思い出したことへの自覚はあり、とてつもない気持ち悪さを覚えている。

――正直に言って、由良夏樹は異世界の日々がトラウマになっていた。

しかし、今日はよく眠れそうな気がしていた。

小梅と銀子から「大好き」と言われ、夏樹も気持ちを伝えた。

こんな風に、誰かを想い、言葉を伝えるのは初めてだった。

心が温かい。

地球に戻ってこられてよかったと思う。

彼女たちがいてくれれば、もう終わった過去など気にならないはずだ。

「……それにしても、仕事が早いなぁ」

さまたんの最新動画は、新しいメンバーの紹介だった。

言うまでもなくマモンだ。

グレーのスーツを着こなし、ちょっと悪そうな三〇代半ばのイケメンが、口を開けばまもんまもん言っているのだ。

ほかの動画の再生数は大したことないのに、この動画だけ一万再生に届きそうだった。

コメント欄も「まもんまもん」になっている。

「かずたんもコメントしてるー！　めっちゃくちゃまもんまもんってコメントしてるー！」

気のせいだと思いたいが、『太陽神』なるアカウントもコメントを残しているのだが、見なかったことにする。

「それにしても、少し安心したかな」

目の前で兄を失った一登を心配していたので、こうして動画にコメントを残せているのを見て少しだけホッとしている。

だが、明日には警察から連絡が来て、家族に優斗の死が伝わるのだ。

そのとき、一登が何を思うのか。

優斗は夏樹だけではなく、ついでだと言わんばかりに一登まで殺そうとした。自爆という名の失敗に終わったが、躊躇いのなかった優斗は許されない。

だが、大袈裟に心配はしていない。

天照大神が一登を放っておかないだろうし、サマエルも気を遣ってくれるはずだ。

幼少期からの友人である夏樹だからこそ、吐き出せない気持ちもあるだろうし、その面ではふたりに感謝している。

一登のことを想い少し気を抜くと、うっすらと眠気に誘われる。

そのまま睡魔に身を任せようとすると、スマホが鳴った。

手に持っていたのでついスマホを開いてみると、

『夜分遅くに申し訳ございません。明日あたり暇でしたら、お会いしませんか？　――みんなのゴッド』

連絡先を教えていないはずなのに、突然のゴッドからのメッセージが送られてきたことに、夏樹の脳は一瞬で覚醒し、

「ほんげぇえええええええええええええええええええ！」

よくわからない奇声を発した。

数十秒後、「なんじゃ襲撃か⁉」と小梅たちが部屋に雪崩れ込んできたのは言うまでもない。

【書き下ろしSS】青山銀子の悩み

――とある晴れた日の午後。

由良家の茶の間にて、丸テーブルでパソコン作業をしていた青山銀子が、隣でお茶を飲んでテレビを見ている由良夏樹にそっと声をかけた。

「あの、夏樹くん」

「銀子さん？　そんな思い詰めた顔をしてどうしたの？」

銀子はどこか思い詰めた顔をしていた。

「そろそろ私のことを真っ二つに斬ったりしないっすか？」

「なんでぇ？」

「なんでって、そりゃ真っ二つに斬られるのがヒロインのルールじゃないっすか！」

「……どうしてぇ？」

「小梅さんも真っ二つにされて、水無月さん家の都さんまで！」

「あ、うん。真っ二つにしましたけど」

確かに夏樹は、小梅と戦い真っ二つにした。水無月都もつい胴体を両断してしまっている。

小梅は天使であることや基本スペックが高かったおかげで、都は夏樹が「ヒール」をかけたことで絶命こそしなかったが、死にかけたことは間違いない。

そのことを知っている銀子が何を言っているのか理解できず、彼女の飲むコーヒーに酒が入っていないか疑った。

「私はされてないっす！」

「逆に聞くけど、真っ二つにされたいの⁉」

「――ぜひ、お願いしまっす！」

「もしかしなくても、お酒飲んでる？」

「書類仕事するのにお酒を飲むわけがないじゃないっすか！」

「えぇ……じゃあ、素面（しらふ）なのぉ？」

「素面っす」

きりっ、と真顔の銀子と目が合った。

「な、なんて澄（す）んだ瞳（ひとみ）をしているんだ……やべぇよ、この人、本気だぁ。うわ、めっちゃ引く」

異世界で散々魔族や異世界人を斬り捨ててきた夏樹だが、「斬らないで」と命乞いされたことはあっても「斬ってほしい」と願われたことはない。

まさか地球に帰ってきて真っ二つ希望者がいるとは思わなかった。

「――わかった。銀子さんの熱意には負けたよ」

「――っ、夏樹くん！　わかってくれたっすか！」

「俺、銀子さんを真っ二つにするね！」

「やったーっす！　これで私も表紙を飾ってヒロイン顔をしてドヤ顔できるはずっす！　そもそもなぜ都さんが一巻の表紙にいて、私がいないっすかね⁉　てっきり二巻の表紙に呼ばれると思いきや、小梅さんがまたセンターで、まもんまもんと蓮くんに表紙枠取られちゃったっす！　だーけーどー、ここで真っ二つになっておけば、コミック版ではヒロイン間違いないっすね！」

「やべぇ、銀子さんが何を言っているのか全然わかんねぇ」

夏樹は、困惑しながらもアイテムボックスから剣を抜いた。

「よし！　んじゃ、庭に行こうか！　今の俺だと、銀子さんの上半身が消し飛んじゃうかもしれないけど……それが銀子さんの望みなら、頑張るよ！」

「へ？　消し飛ばされたら死んじゃうんじゃないっすか⁉」

「死んじゃうね。マモンさんと戦って力が増えたから手加減できないんだ」

「はい、この話はなかったことでお願いしまっす！　斬られるヒロインって、正直どうかと思っていたっす。時代はやっぱりコツコツ隣で支えるお姉さん系ヒロインっすよね！」

「えぇ……斬らないのぉ？」

「斬らないっす！　まったく、そもそも女の子を斬ろうなんて主人公としてそれでいいと思っているっすか！　私のヒロインとしての今後の扱いを含めて今日はお説教っす！」

夏樹は思う。――絶対この人、お酒飲んで酔っ払っている、と。

あとがき

初めましての方ははじめまして。お久しぶりの方は、おひさしぶりです。飯田栄静です。

この度「異世界から帰還したら地球もかなりファンタジーだった。あと、負けヒロインどもこっち見んな」二巻をお手に取ってくださりどうもありがとうございます。

以下、謝辞です。担当編集のI様、Y様、U様をはじめ、ブシロードノベル編集部様、出版に関わってくださった全ての方に御礼申し上げます。

イラストレーターの「桑島黎音」先生、一巻に引き続き、素敵なイラストをどうもありがとうございました。サタン、マモン、アルフォンス、春子ママたち大人勢がイケおじ、イケメン、美女と揃っており、初めてイラストを拝見した日は興奮して眠れませんでした。

キャラクターに魂を吹き込んでくださったこと、心より御礼申し上げます。

最後にお知らせです。――コミカライズ開始です！

担当してくださるのは「高槻今城」先生です！　ぜひ楽しんでいただけると嬉しいです！

それでは、皆様にまたお会いできることを祈りながら、筆を置かせていただきます。

飯田栄静

［ブシロードノベル］
異世界から帰還したら地球もかなりファンタジーでした。
あと、負けヒロインどもこっち見んな。　2

2025年2月7日　初版発行

著　者　飯田栄静
イラスト　桑島黎音
発行者　新福恭平
発行所　株式会社ブシロードワークス
〒164-0011　東京都中野区中央1-38-1 住友中野坂上ビル6階
https://bushiroad-works.com/contact/
（ブシロードワークスお問い合わせ）
発売元　株式会社KADOKAWA
〒102-8177　東京都千代田区富士見2-13-3
TEL：0570-002-008（ナビダイヤル）
印　刷　TOPPANクロレ株式会社
装　幀　AFTERGLOW
初　出　本書は「小説家になろう」に掲載された『異世界から帰還したら地球もかなりファンタジーでした。あと、負けヒロインどもこっち見んな。』を元に、改稿・改題したものです。
担当編集　飯島周良
編集協力　パルプライド

Printed in Japan
ISBN 978-4-04-899755-3 C0093

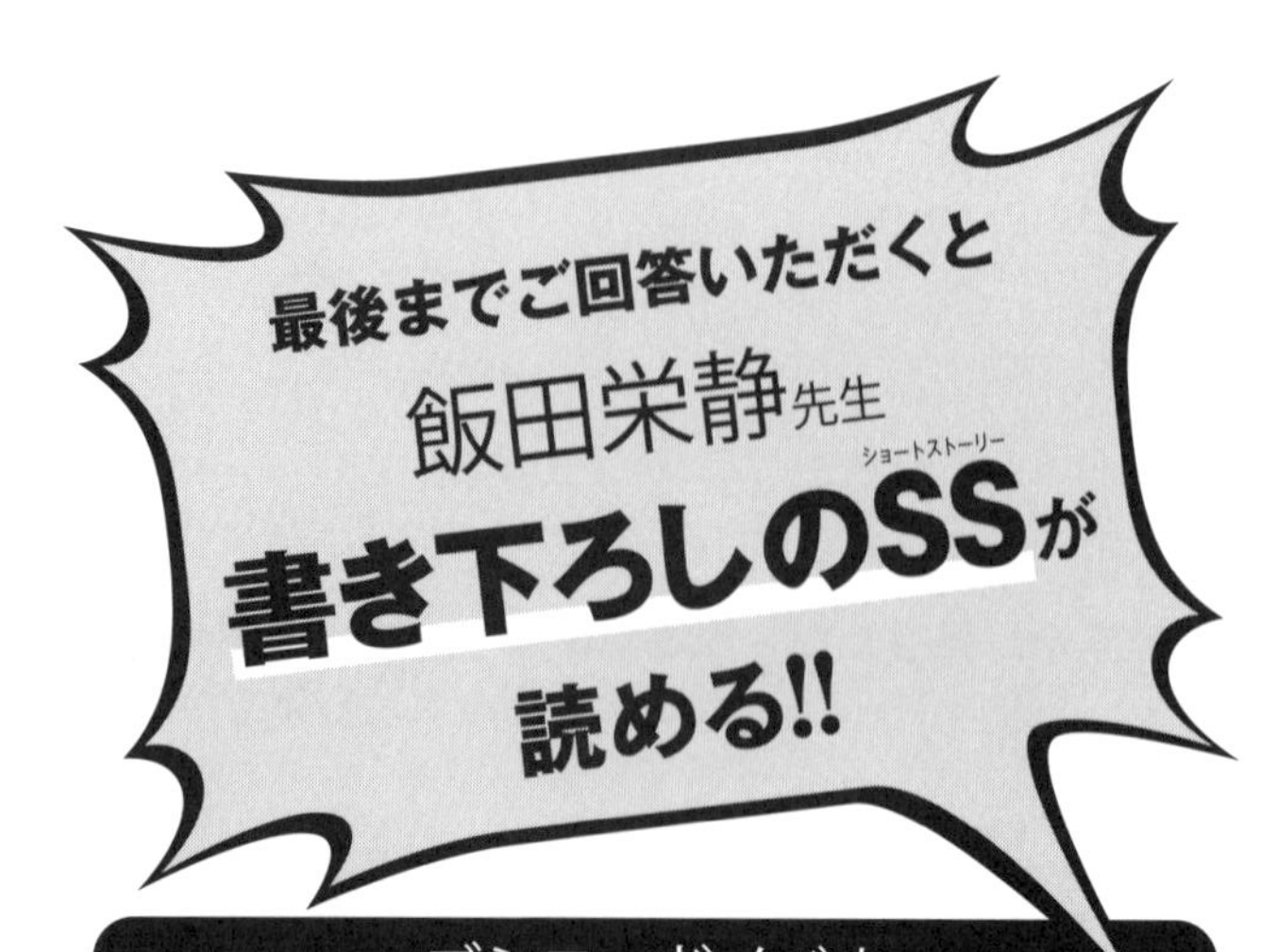

ブシロードノベル
購入者向けアンケートにご協力ください

[二次元コード、もしくはURLよりアクセス]

https://form.bushiroad.com/form/brn_isekaik2_surveys

よりよい作品づくりのため、
本作へのご意見や作家への応援メッセージを
お待ちしております

※回答期間は本書の初版発行日より1年です。
また、予告なく中止、延長、内容が変更される場合がございます
※本アンケートに関連して発生する通信費等はお客様のご負担となります
※PC・スマホからアクセスください。一部対応していない機種がございます